하인리히 뵐과
평화

하인리히 뵐과 평화

초판인쇄 2020년 12월 20일 **초판발행** 2020년 12월 30일

엮은이 한국하인리히뵐학회

지은이 나희덕·송은일·곽정연·사지원·원윤희·정인모·정찬종·최미세

펴낸이 박성모 **펴낸곳** 소명출판 **출판등록** 제13-522호

주소 서울시 서초구 서초중앙로6길 15, 2층

전화 02-585-7840 **팩스** 02-585-7848

전자우편 somyungbooks@daum.net **홈페이지** www.somyong.co.kr

값 15,000원 ⓒ 한국하인리히뵐학회, 2020

ISBN 979-11-5905-429-7 03850

하인리히 뵐과 평화

Heinrich Böll and Peace

나희덕
송은일
곽정연
사지원
원윤희
정인모
정찬종
최미세

평화

소명출판

머리말

요즘 우리나라에서는 남북대화, 북미정상회담, 비핵화, 종전선언, 영구적인 평화 등이 최대 이슈이며, 관련 기사와 뉴스에 국민들의 관심이 온통 쏠려 있다. 사실 이때 국민들이 궁극적으로 듣고 싶은 말은 평화, 그것도 '영구적인 평화'이다. '평화', 참으로 우리의 마음을 편안하고 행복하게 해주는 단어이다.

이런 시대 상황에 발맞춰 한국하인리히뵐학회는 하인리히 뵐의 평화사상을 재조명하기로 했다. 그 이유는 첫째, 학회에서 하는 연구와 저술이 무엇보다 시대정신을 반영하고 우리사회에 기여해야 하기 때문이며, 둘째, 평화를 위해 일생을 헌신했던 작가가 하인리히 뵐이기 때문이다. 특히 하인리히 뵐은 핵무기를 갖고서 '평화의 시대'라고 외치는 '불안한' 평화가 아니라 '온전한' 평화를 위해서 작품을 넘어 직접 행동으로 보여줬던 작가이다.

독일의 노벨문학상 수상작가 하인리히 뵐(1917~1985)은 전후 경제복구와 함께 되살아난 독일의 군국주의와 재무장을 질책하고 힐문하며 평생 평화운동과 생명운동을 펼쳤다. 그는 인간을 위협하는 무장강화를 용납하지 않았다. 인간성이 말살되고 생명들이 억압받는 곳이면 어디든 국경을 초월하여 달려갔으며 이 경험들을 문학적으로 형상화했다. 따라서 그의 전 작품에는 탄압받고 밀려난 사람들에 대한 사랑과 세상의 평화에 대한 열망이 깔려 있으며 '사람다운 세상', '고향과 같은 세상을 만들어보자'는 호소가 담겨 있다.

우리 필진은 온갖 불이익을 감수하고 이곳저곳에서 펼쳤던 그의 평화운동을 재검토하면서 '평화로운 사회란 어떤 사회'이며 '강대국들의 패권다툼이 점점 심화되어 가고 있는 오늘날 평화의 실현은 과연 가능한가?', '문화예술은 평화와 어떻게 연계되며 평화 실현을 위해서 무엇을 할 수 있는가?', '개인은 평화를 위해 어떤 노력을 해야 하는가? 등 다각도로 구상하고 숙고했다.

이 책은 그 숙고와 구상의 결과이며, 제1부에는 우리나라의 시인과 작가의 평화에 대한 단상이, 제2부에는 하인리히 뵐의 평화를 향한 열망이, 제3부에는 예술을 통한 평화구현이 놓였다.

제1부에서 제2부로 또 제3부로 이어지는 구성의도를 좀 더 확연히 드러내면 이렇다. 제1부에서 제2부로 진행되면서 평화에 대한 단상이 보다 구체화되고 심화되어 평화를 향한 열망으로 열기가 증폭되며 제3부에서는 그 열망이 예술인들의 행위를 통해 직접 구현되는 방식으로 전개되었다. 독자의 편의를 위해 실린 순서에 따라 스케치해본다.

제1부에서는 나희덕이 뵐의 인물들의 삶과 자신의 아버지의 삶을 오버랩시킨다. 나희덕은 따뜻한 시선으로 가만히 들여다보면 그들의 행위는 부조리하고 폭력적인 자본주의 사회에서 이탈하거

나 도망친 것이 아니라 실존을 위해 그 세계에 저항한 것이었으며 그들의 도망은 오히려 새로운 세계를 향해 나아가는 여정이었다고 평한다. 나희덕은 이 새로운 길의 끝에 더 이상 폭력이 아니라 평화만이 있기를 희망한다.

송은일은 하인리히 뵐의 소설 『그리고 아무 말도 하지 않았다』의 제목을 차용한 작품 「알아보지도 못하면서 수없이 껴안은」에서 가까운 듯 먼 사이였던 부부 간의 침묵이 진정한 평화가 아니듯, 대화와 소통으로 진정한 가정의 평화와 국가의 평화, 나아가 세계의 평화가 이루어져야 함을 일깨운다. 남북회담과 북미회담이 우리에게 소통과 만남의 중요성을 재확인하게 했듯이 말이다.

제2부에서는 사지원이 전후 수립된 아데나워 정부의 군국주의와 재무장을 풍자한 소설을 분석한다. 당시 아데나워 총리의 저격수였던 하인리히 뵐은 아데나워의 자서전 『기억 1945~1953』에 대한 서평을 통해 아데나워 총리를 직접 공격했으며 라인지역의 가톨릭정신을 토대로 한 사회적 시장경제와 친 나치의 등용을 노골적으로 질타했다. 그는 『수도저널』과 『부대로부터의 이탈』에서 자신의 풍자적 기질을 십분 발휘하여 친 나치들의 정계로의 화려한 복귀와 연방군 창설과 나토가입을 조소한다. 사지원은 하인리히 뵐이 문학의 사회적 역할과 작가의 시대적 사명을 명확히 파악하고 있었던 작가였다고 평가하며 우리의 영구적인 평화를 위해서 그의 작가정신을 되새길 필요가 있다고 강조한다.

정인모는 전 작품에서 하인리히 뵐의 세계평화사상을 도출해 내고 그의 세계평화사상이 다른 나라에 끼친 영향을 세밀히 고찰한다. 정인모는 미국의 경우 독자들이 하인리히 뵐의 첫 기록보관소를 유치할 정도로 일찍이 그의 작가적 역량을 감지했으며, 아일랜드와 체코와 한국의 경우는 하인리히 뵐 스스로가 관계를 맺었던 나라들이라고 판단한다. 순박한 사람들과 작은 공동체를 좋아했던 하인리히 뵐은 옛 정서가 고스란히 남아있는 아일랜드(1950년대)를 이상향으로 여겼다. 그리고 체코가 소련에 의해 공산화될 때에는 그에 저항한 작가들을 지지했으며 한국에는 투옥된 저항시인 김지하를 석방하라는 탄원서를 보냈고 김은국의 순교자를 서평했다고 정인모는 여러 국가에 대한 뵐의 영향을 세세히 밝힌다. 이로써 정인모는 하인리히 뵐이 노벨문학상 수상자이자 국제펜 클럽회장으로서 세계평화를 위한 책임과 역할을 다했다고 평가한다.

정찬종은 1970년대의 독일사회를 불안하게 한 테러리즘과 재야세력을 억압하기 위해서 전체주의 국가로 변모해가는 독일 정부와 이와 결탁한 언론 등 일련의 사태를 문학적으로 형상화한 작품을 중심으로 하인리히 뵐의 평화사상을 추출해낸다. 『보호라는 이름의 포위』에 등장하는 하인리히 뵐의 인물들은 모순과 부패의 소비사회에서 자신의 이익이 아니라 공동의 선을 위해서 침묵하지 않고 용기를 내는 사람들이며 이들이 만든 공동체가 하인리히 뷜이 강조한 '살만한 곳'이라고 정찬종은 주장한다.

제3부에서는 곽정연이 9·11테러의 영향력과 그로 인한 미국의 변화상을 추적하며 이 변화상을 영화화한 빔 벤더스의 〈랜드 오브 플랜티〉를 로트만의 기호학과 프로이트의 정신분석학을 적용하여 분석한다. 곽정연은 〈랜드 오브 플랜티〉가 억압된 기억의 치유와 트라우마 극복에 대한 담론형성에 기여한다고 판단하며 이런 영화가 실제 정치에 끼치는 영향력이 크지 않더라도 인류의 평화를 위해서는 반드시 필요하다고 강조한다.

원윤희는 오스트리아 노벨문학상 수상작가 엘프리데 옐리네크의 여러 극작품에 나타난 다양한 주제들, 즉 여성의 사회적 지위문제, 소수자와 난민문제, 집단의 광기와 극우적인 성향, 지식인의 무력함 등을 조명한다. 원윤희는 현존작가 엘프리데 옐리네크가 쉬지 않고 작품을 발표하면서 그 작품들을 통해 사회제반 문제들을 건드리는 것은 궁극적으로 사회구성원들 간의 이해와 화해를 통해 평화로운 사회, 나아가 평화로운 세상에 대한 갈망을 피력하기 위함이라고 힘주어 말한다.

최미세는 언어를 몰라도 국경을 초월하여 감동을 주고 전 세계를 하나로 만들 수 있는 음악의 사회적 역할에 대해서 조명한다. 최미세는 정치선동에 부역하는 음악인과 예술단체들도 있긴 하지만, 널리 알려진 많은 작곡가와 예술단체들은 세대와 지역을 초월하여 사람들의 마음에 울림을 주고 지구촌에 선한 영향을 미쳐 왔다고 판단하며 '베를린 필하모니'를 한 예로 든다. 최미세는 구체적인 사례들을 통해 '베를린 필하모니'가 그동안 어떻게 인류의 보편적 가치를 실현하고 공동체의 이익을 위해서 활동했는지 또 하고 있는지를 선명하게 보여준다. 동시에 최미세는 '베를린 필하모니'가 국가 문화외교사절단으로서의 역할과 윤리적 책임을 다하고 있다고 평가하며 예술인과 예술단체의 활동 자체가 국가 간의 화해와 세계평화에 기여하는 일이라고 주장한다.

이 책이 세상의 빛을 볼 수 있었던 것은 순전히 한국하인리히 뷜학회 회원들의 연대감과 성실함과 선량함 덕분이다. 이런 작업은 개인연구와 학교 일로 늘 시간에 쫓기는 선생님들의 자기희생적인 열정이 없었다면 가능하지 않은 일이었다. 이 자리를 빌려 먼 길을 매번 기꺼이 달려와 주신 부산대의 정인모, 원윤희 선생님, 학회의 실무를 책임지기 위해 열성을 다하신 전남대의 정찬종 선생님, 학회의 일에 망설이지 않고 나서주시고 다른 학술적 관점을 제공하여 신선한 호흡을 할 수 있도록 해주신 덕성여대의 곽정연 선생님과 서울여대의 최미세 선생님께 깊은 감사를 드린다.

이 책은 하인리히 뷜의 작가정신을 보급하기 위해 한국하인리히뷜학회가 기획한 세 번째 성과물이다. 앞으로도 지속적으로 '사람이 살만한 세상'과 세계의 '온전한 평화'를 열망했던 하인리히뷜의 정신을 확산해 나갈 것을 약속드리며 기꺼이 출간을 맡아주

신 소명출판의 박성모 사장님과 공홍 전무님께 감사드린다.

한국하인리히뷜학회 회장 사지원

차례

제1부

평화에 대한 작가들의 단상

'도망'이라는 방식의 '저항'

나희덕

1

제2차 세계대전에 참전했던 하인리히 뵐은 프랑스, 폴란드, 소련, 루마니아, 헝가리, 독일 전선 등에 투입되었고, 전쟁이 끝나자 연합군 포로수용소에서 석방되어 고향 쾰른으로 돌아왔다. 그래서 하인리히 뵐의 소설에는 전쟁 체험이 자주 등장하고, 전쟁과 폭력에 대한 조롱과 아이러니, 전쟁 이후의 비참하고 무의미한 삶이 서술되는 경우가 많다.

그룰 부자는 1965년 6월 어느 날 둘벤바일러와 후스키르헨과 키레스키르헨 마을 세 곳 모두에서 똑같은 거리에 있는, 다시 말해서 약 2킬로미터씩 동일하게 떨어진 지점의 들길에서 발견되었다. 이때 재판장인 군 재판소장 슈톨푸스 박사는 '체포되었다'고 정정했다. 그때 이 두 사람은 경계석 위에 앉아 담배를 피우면서 독일 연방의 지프를 불태우고 있었는데, 이 차의 운전사는 후에 게오르크 그룰로 밝혀졌다.

—『운전 임무를 마치고』, 23쪽

1966년에 출간된 장편『운전 임무를 마치고』는 그룰 부자의 방화사건을 중심으로 펼쳐지는 재판 과정을 그리고 있다. 가구 장인인 요한 그룰과 그의 아들 게오르크 그룰은 연방군 부대의 기물인 지프를 불태우고 체포당할 위험에 처하면서도 "태연자약하게" "노골적으로 흡족한 표정"을 짓고 있었으며, 법정에서도 자신들에게 불리한 목격자들의 그런 표현들에 대해 전혀 부정할 생각이 없다. 또한 자신들의 행동을 후회하느냐는 질문에도 "아닙니다"라고 대답한다. 그들은 방화의 동기에 대해 이렇게 설명하기도 한다. "좀 추웠어요. 그래서 해프닝을 벌여 몸을 좀 녹이려고 했어요"라고.

비르글라르라는 작은 도시에서 열리는 이 재판에는 다양한 증인들과 방청객들이 등장하는데, 피고들과 증인들의 진술을 통해 드러나는 것은 방화라는 범죄의 심각성이 아니라 국가와 군대의 부도덕하고 부조리한 면면들이다. 쿠트네 병장은 군대생활이 그룰로 하여금 "부조리의 사면초가, 즉 무의미성, 비생산성, 권태, 나태"에 시달리게 했다고 증언하며, 그것이야말로 "군대의 유일무이한 의미"라고 말한다. 운전임무를 벗어던지고 지프를 불태운 게오르크 그룰이야말로 군대가 낳은 이 '영원한 신경질환'으로부터 자유로운 사람이라고.

그런데 흥미로운 점은 부대에서 탈영하고 군의 기물을 방화한 이 반국가적인 사건을 재판부가 오히려 단순한 치안 방해나 물건 훼손 정도로 축소하고 은폐하려고 한다는 것이다. 재판부는 증인들과 방청객들이 벌이는 우스꽝스러운 소란을 계속 방치하면서 재판을 무죄판결로 이끌어간다. 그룰 부자의 방화를 일종의 해프닝으로 몰아감으로써 군대에 대한 불안을 잠재우고 저항의 뇌관을 제거하려는 것이 권력자들의 의도였기 때문이다. 실제로 군복무 거부운동을 지원하기도 했던 하인리히 뵐은 연방독일이 군부를 재무장하고 법조차 권력의 시녀가 되어 조종당하는 상황을 이렇게 풍자한 것이다.

결말 부분에 이르러 그룰 부자의 탈영과 방화는 일종의 해프닝 또는 예술행위로 해석된다. 여기에는 예술가란 부도덕하고 기만적인 사회로부터 이탈해 국가권력에 저항하고 그 상징물을 불태우는 자라는 인식이 깔려 있다. 그룰 부자처럼 하인리히 뵐의 소설에는 자본주의나 전체주의 체제에 제대로 적응하지 못하고 밀려난 존재들 곧 '잉여인간'이 자주 등장한다. 잉여인간은 결코 사회의 주류가 될 수 없지만, 그 존재 자체가 불평등하고 폭력적인 사회의 살아있는 증거가 된다. 그들에게 허락된 유일한 방식은 이탈하거나 도망치는 것이다. 그런 점에서 '도망'은 수동적 도피가 아니라 능동적 저항의 이행인 셈이다.

2

하인리히 뵐의 『운전 임무를 마치고』를 읽는 동안 나는 아버지의 얼굴을 자주 떠올렸다. 아버지의 삶 역시 그야말로 도망의 연속이었기 때문이다. 평안도 용강이 고향인 아버지는 6·25전쟁 때 기독교인이자 지주 출신이었던 부친이 총살 당한 직후 남포에서 배를 얻어타고 피난을 내려왔다. 그러다가 국군으로 징병되었고, 전차부대에서 보초를 서다가 어느 날 탈영을 했다고 한다. 전차부대에 화재가 발생했는데, 자신이 방화범으로 몰릴까봐 무서워서 도망을 쳤다는 것이다. 실제로 불을 지른 장본인도 아니면서 오해와 누명이 두려워 탈영을 한 소년병.

의가사제대를 한 뒤에도 가난한 실향민이 현실에 터를 잡기는 쉽지 않은 일이었다. 유난히 자존심이 강하고 문학적 감수성이 예민했던 아버지는 직장생활도 그리 오래하지 못했다. 필경사를 하다가 운 좋게 별정직 공무원이 되었지만, 자신이 필사하는 대외비가 혹시 유출되어 누명을 쓰게 될까봐 늘 불안해했고, 결국 그 두려움을 견디지 못하고 스스로 사표를 내고 말았다. 자본주의 사회가 요구하는 생존력과 경쟁력을 갖지 못한 아버지는 텃밭을 일구고 염소나 닭을 기르며 대부분의 세월을 야인으로 살았다. 말년에는 독서와 글쓰기에 집중하면서 두 권의 산문집을 출간했지만, 대문자 역사에서 단 한 번도 주인공이 되어보지 못했다. 힘없는 약자로서 이리저리 내몰리며 살아야 했던 비애와 두려움이 그를 끊임없이 뒷걸음치게 만들었을 것이다.

　80대에 접어들어 아버지의 육신은 더 이상 도망칠 수도 뒷걸음 질 칠 수도 없는 종합병원 침대 위에 이르렀다. 병든 아버지를 간 호하면서 나는 줄곧 아버지가 아니라 어떤 존재와 힘겨운 싸움을 하고 있다는 느낌에 사로잡혔다. 삶을 점점 희박하게 만드는 어떤 손길에 붙잡혀 병상에 누운 아버지는 달아나고 또 달아났다. 음식 을 거부하며 하루하루 쇠진해가는 육체 곁에서, 나는 그 도망의 이 유와 연원을 이해하고 싶었다. 또한 아버지로 하여금 그동안의 세 월을 돌이켜보며 자신이 살아야 할 이유를 깨닫게 하고 싶었다.

　한 달 가까이 음식을 제대로 드시지 못하는 아버지의 모습은 카 프카의 단편 「어느 단식광대」를 떠올리게 했다. 단식광대는 단식 의 이유에 대해 "저는 그렇게밖에는 달리 하는 수가 없습니다"라 고 대답한다. "왜냐하면 저는 입에 맞는 맛있는 음식을 발견하지 못했기 때문입니다. 만약 그것을 찾아냈다면, 저는 결코 세인의 이 목을 끌지는 않았을 테고, 당신이나 다른 모든 사람들처럼 배가 부 르게 먹었을 것입니다." 이것이 단식광대의 마지막 말이었다. 아버 지가 음식을 물리치며 줄곧 나에게 하셨던 말씀도 '그렇게밖에는 달리 할 수가 없다'는 것이었다.

　죽 몇 숟가락을 간신히 넘긴 아버지 앞에 앉아 나는 그동안 살아 오신 얘기를 들려주시기를 청했다. 전쟁으로 아버지를 여의고 열 여덟 살에 월남한 한 남자의 삶을 나는 틈틈이 노트에 받아 적었다. 노트 표지에는 『잃어버린 시간을 찾아서』라는 마르셀 프루스트의 책 제목이 적혀 있었다. 그것은 삶의 무의미와 망각에 맞서 어떤 의미를 찾아내려는 일종의 로고테라피logotherapy였다. 덕분에 아버지의 몸과 마음이 삶을 향해 잠시 돌아서는 듯 했지만, 얼마 되지 않아 병세가 악화되어 더 이상 마주 앉아 대화를 나누지 못하게 되었다. 아버지가 세상을 떠나시고, 나는 죽음이야말로 지상에서 행하는 마지막 도망이라는 사실을 받아들일 수밖에 없었다. 그리고 도망자 나평강씨에 대해 이런 시를 썼다.

당신은 단식을 일종의 예술이라고 생각하나요?
당신의 무위는 누구를 위한 것입니까?

아무 것도 먹지 않는 것
아무 것도 하지 않는 것
아무 말도 하지 않는 것

당신은 도망치고 있습니까?

삶으로부터
식어가는 밥알과
미역국의 마늘냄새로부터

링거액과 주사바늘과 약봉지로부터

사랑하는 피붙이들과

호기심에 찬 눈동자들로부터

동전들과 지폐들로부터

즐겨 부르던 노래와

끝내 하지 못한 말로부터

어슬렁거리는 개들과

광장으로 몰려가는 사람들로부터

떠도는 비눗방울들로부터

꽃병에서 시들어가는 몇 송이 꽃들로부터

도망자 야곱처럼

피난민으로 소년병으로 탈영병으로 필경사로 실업자로 도망치고 도망

치고 도망치고 도망치고 도망치다 마침내 도망자의 삶을 완성하려는 당신

당신은 삶이 예술이 되는 순간을 정말 알고 있습니까?

단식은 당신이 택한 마지막 도망의 형식입니까?

그 출구가 당신의 눈에는 보입니까?

— 「단식광대에게」

3

오래전 읽었던 장정일의 첫시집 『햄버거에 대한 명상』에는 「도망중」, 「도망」, 「도망중인 사나이」 등 '도망'에 관한 몇 편의 시들이 있다. 거기엔 '도망'을 삶의 보편적 형식으로 수락한 인물들이 등장한다. 그 시들에서 도망중인 사나이는 "마치 도망다닐 이유가 없다는 듯이 / 태연하고 능청스"럽다. 여유를 부리며 밥을 먹고 겁도 없이 잠을 청한다. 천천히 커피를 만들어 마시고 담배를 피우고 아무렇지도 않은 듯 직장에 간다. 그뿐인가. 도망중인 사나이는 도망중인 여자와 연애를 하고 살림을 차리고 개를 기른다. 그들의 살림도, 사랑도, 이별도 도망중이다. 그러던 어느 날 아이가 태어나고, 도망중인 남자는 "확, 확, 확, 확, 확" 도망하는 아이의 심장소리를 듣는다. 아이 역시 도망중이다.

장정일의 시뿐 아니라 일찍이 한국현대시의 여러 시편들에서 그 / 그녀 / 아이는 도망중이었다. 이상의 「오감도烏瞰圖」 연작이 식민지 시대에 강박적 불안으로 질주하는 도망자들의 내면을 도상화한 것이라면, 김종삼의 「민간인」이나 「원정園丁」 등에 나타난 죄책감이나 실향의식 또한 도망자의 것이다. 그렇게 식민이나 전쟁이라는 시대적 폭력 앞에서 유난히 취약하고 예민한 영혼들은 도망자의 운명을 받아들일 수밖에 없었다. 역사의 약자이자 소수자였던 나의 아버지가 평생을 도망자로 살아야 했던 것처럼.

대문자 역사는 얼핏 권력자의 손에 쥐어져 있는 것처럼 보인다.

그러나 다시 생각해보면, 역사를 바꾸는 순결하고 자유로운 힘은 약자나 도망자의 손에 한 줌의 이삭처럼 남겨져 있는 게 아닌가. 특히 문학을 비롯해 예술을 삶의 방식으로 선택한 이에게 '도망'은 폭력적이고 부조리한 세계를 향한 실존적 저항의 행위라고 할 수 있다. 무언가로부터 쫓기며 도망쳐 온 여정이 실은 새로운 세계를 향해 나아가는 길이기도 했다는 것을 하인리히 뵐의 소설을 통해서도 발견하게 된다.

알아보지도 못하면서 수없이 껴안은[*]

송은일

1

아내가 떠난 게 아니었다. 집 자체가 거대한 아내였다. 나는 아
내의 한 귀퉁이에 붙어있는 거미였다. 내가 친 거미줄에 내가 갇혀
탈출하려 기를 쓴 가위눌림에서 간신히 깨어난 아침, 나는 아내를
떠나기로 작정했다.

아내로 꽉 찬 아파트를 부동산중개소에 내놓으며 이사할 집을
물색했다. 부동산중개소에서 매물로 나와 있던 시골 집 몇 채를 컴
퓨터 화면으로 보여주었다. 한 군데를 골라 찾아가 봤다. 화순 산
골짜기 마을 영외리였다.

내놓은 지 열흘 만에 아파트가 팔렸다.

---

[*]   제목 「알아보지도 못하면서 수없이 껴안은」은 하인리히 뵐의 『그리고 아무 말도
       하지 않았다』에서 차용함.

유진과 나는 같은 해에 고등학교 교사로 들어섰다.

스물다섯 살의 진은 공립여자고등학교 국어교사였다. 그보다 두 살 더 먹은 나는 사립남자고등학교 수학교사였다. 임용된 해 여름방학에 교육청이 시행한 초임 교원연수에서 만났다. 일생 잘 생겼다는 소리를 들어본 적이 없는 나는 내성적이었고 낯을 가렸다. 유진은 대번에 예뻤다. 활달하고 적극적이었다.

유진이 나를 좋아하는 이유를 납득하기 어려웠다. 수학공부 한 사람이 문학적 감성을 지녔다! 그게 그녀가 나를 좋아한다는 이유였다. 내 유일한 취미가 글쓰기라고 밝혔기 때문인지도 몰랐다. 작가라고 나설 만큼의 직업의식은 갖추지 못했어도 거짓말은 아니었다. 나는 대학 시절에 꽤 알려진 문예지의 신인작가 소설공모에 당선된 적이 있었다.

어떻든 대학시절에도 연애 한번 못 해 본 나로서는 나를 좋아해 주는 그녀가 고맙고 좋았다. 나는 학교 근방 13평 아파트에 세 들어 지내던 참이었다. 내 아파트에서 세 번째 자고 일어난 일요일 아침에 유진이 말했다.

"우리, 결혼할까?"

놀란 내가 대답했다.

"응? 응, 그래!"

두 마디의 청혼과 세 마디의 응답으로 우리는 약혼했다. 내 어머니가 막내아들 결혼자금으로 여축해 두었던 돈으로 27평 전세 아

파트를 얻어주었다. 겨울방학에 결혼식을 치렀다. 신혼여행으로 2
주간 유럽 몇 나라를 돌았다. 돌아오는 비행기 안에서 아내가 유진
이라는 자신의 이름이 개명한 것이라고 얘기했다. 고등학교 때까
지의 이름은 영희였노라고. 나는 결혼식 즈음 처가 식구들이 아내
를 영희라 부르다가 당황하며 유진으로 바꿔 부르는 걸 본 터였다.
아내가 비밀을 털어놓듯 비장하게 그 얘기를 하는 게 도리어 이상
했다.

아내는 결혼 7년 만에 임신했다. 병원에서 임신 6주째임을 확인
하고 돌아오던 길에 아내가, 이 참에 대출받아서 아예 넓은 아파트
를 사자했다. 둘 다 월급 받으니 넓은 집 살면서 오래 대출금을 갚
아나가자는 것이었다. 반대할 이유가 없었다. 어차피 아내가 다 하
는 일이었다. 여고시절 내내 상위 3% 내의 성적을 유지하고 대학
시절 내리 장학금을 받았다는 아내는 결혼하면서부터 주택청약
저축을 부은 살림꾼이었다. 주택청약 통장을 기반으로 우리는 방
이 네 칸인 미분양 아파트를 쉽게 구했다. 이사 한지 한 달여 만에
아내는 사산했다. 임신 7개월째였다.

아내의 취미생활이 시작됐다.

처음에는 서울의 한 신문사가 개설한 시詩 창작교실에 등록했다.
그 이태 전에 내가 신춘문예에 응모한 시가 당선되었다. 그때 아내
는 함께 기뻐하며 큰 자극을 받았노라 했다. 그 자극이 자신으로
하여금 서울까지 다니게 하는 것이라고 아내가 말했다. 당시에는

광주에서 서울까지 편도 네 시간이었다. 여름 8주 동안 일주일에 두 번씩 아내는 한 번도 빠지지 않고 서울을 오갔다. 그 무렵 아내는 삼라만상이 다 시詩로 보인다며 눈을 반짝였다.

아내가 세상 모든 걸 시상으로 보던 기간이 3년쯤이었다. 그 3년 사이 그녀는 신춘문예와 이름난 문예지에 시를 응모했고 그 때마다 떨어졌다. 와중에 한번 최종심까지 올라간 적이 있는데 한 심사위원이 아내의 시를 '시적'이기보다 '소설적'이라고 평했다. 그 평문을 읽고 난 아내는 유명작가의 소설 창작 교실에 등록했다. 소설 습작도 한 3년 했다.

아내가 소설 쓰기를 포기하는 것 같던 해에 우리가 집을 사며 받았던 대출금 상환이 끝났다. 이듬해 아내는 '선생질'을 그만뒀다.

그녀가 새로 시작한 일은 소목공예였다. 식탁, 탁자, 수납장, 침대, 의자 등이 목공 교실에서 만들어져 집으로 들어왔다. 집안 가구 거의가 아내의 목공작품으로 대체된 뒤에는 수예 작품들이 벽마다 걸렸다. 수예를 하며 피아노를 배웠다. 퀼팅도 1년쯤 했는데 그때는 클라리넷을 병행했다. 그림 교실을 1년 반쯤 다녔다. 그림 배울 때는 사진 촬영도 같이 배웠다.

아내가 마지막으로 나간 곳이 사찰음식 교실이었다. 사찰음식 교실에 나다니면서 사귄 사람들과 모임을 갖고 봉사활동을 왕성히 했다.

그렇게 이태쯤 된 지난여름, 아내는 모임 나가던 길에 아파트 경비실 앞에서 쓰러졌다. 심장마비였다. 경비가 즉각 119에 신고했고 구급차가 5분 만에 도착했다. 내가 병원으로 불려갔을 때 아내의 배가 만삭의 임부처럼 불러 있었다. 산소를 계속 불어 넣으며 심폐소생술을 시행한 결과였다. 의사들은 내가 도착하자마자 아내의 사망을 선고했다.

아내는 친정이 없었다. 장인은 막내인 아내가 중학생일 때 타계했다고 했다. 장모는 우리 결혼 10년차에 돌아갔다. 그 무렵 장모는 보험회사 건물 청소원으로 일하며 오래된 임대아파트에서 홀로 지냈다. 장모가 출근을 하지 않자 회사에서 찾아낸 연락처가 아내였다. 학교에서 전화를 받았던 아내가 자신의 큰오빠한테 연락했다. 어머니와 가까이 살던 큰오빠가 어머니집의 문을 강제로 열고 들어갔다. 장모의 사인은 수면제 과다복용으로 밝혀졌다. 장모가 오래 불면증을 앓았다는 사실을 난 그때 처음 알았다. 어쨌든 자살은 아니었다.

장모 장례기간에 오남매의 막내인 아내로 인해 찾아온 문상객이 많았다. 당시 아내는 전국교직원노동조합 회원이기도 했다. 장례비용을 치르고 남은 부의금 배분에서 형제들이 막내인 아내를 의논도 없이 제외시켰다. 오남매 중 아내 혼자 대학 나와 선생질하며 잘 산다는 이유였다. 아내는 평소에도 왕래가 드물던 남매들과

절연했다.

그 때문에 나는 처가 쪽 연락처를 갖고 있지 않았다. 그녀의 친구들도 마찬가지였다. 이름은 더러 들었어도 아내의 친구나 지인을 만나본 적이 없었다. 나는 문상객을 찾기 위해 애쓰고 싶지 않았다. 내가 모르는 이들을 향해 내 아내의 빈소에 와 달라 청할 주변머리도 없었다. 장례를 간소하게 치렀다.

2

이사한다고 알릴 사람이 내 어머니뿐이었다. 어머니는 우리 집에 두 번 와 봤다. 우리 살림 차릴 때와 아내 장례 때였다.

"이사 날짜가 임박해서 짐을 꾸리려는데 집 사람 작품이 좀 많아서요. 어머니 지난번에 오셨을 때 혹시 맘에 들었던 작품 생각나시면, 말씀해보세요. 제가 부쳐드릴게요."

어머니는 젊을 때부터 아기자기한 그림이며 한지공예품, 화각품, 수예병풍 등 여러 작품을 집안에 놓고 쓰다듬기를 좋아했다. 당신으로서는 큰맘 먹어야 구입할 수 있다는 소품들이었다.

"남이 지은 물건 즉, 작품을 갖고 싶을 때 엄마 기준은 두 가지다."

"말씀하세요."

"세상에 단 하나인 듯 귀하게 보이면서 내 맘에 쏙 들 때와 미학적인 완성도는 좀 떨어져도 그냥, 정이 담뿍 느껴지는 경우다."

"예에."

"엄마가 보기에 네 처의 물건들은, 누구나 작정하고 배우면 만들 수 있는 정도다. 정성은 들었지! 그건 엄마도 느꼈어. 그런데 정을 느끼지는 못했어. 왜냐고? 네 처와 나 사이에 든 정이 없기 때문이지. 네 형수나 누나도 그럴 걸? 장례 때도 내 아들 가여워 간 거지, 네 처 애달파 간 거 아니다. 그러니 그 물건들 끌어안고 헛힘 쓰지 말고 고물상 불러 돈 주면서, 남김없이 쓸어 가라 해라. 누군가는 이쁘다고, 혹은 쓸 만해 보여서, 가지고 싶을 지도 모르지. 그러면 좋은 거고. 엄마는 네가 새 집으로 이사한 뒤에나 보러 가마."

내가 구입한 화순 영외리 집은 산자락에 붙은 백년쯤 된 한옥이었다. 땅은 넓어도 집은 좁았다. 아내의 살림을 다 가지고 들어가자면 집 한 채를 새로 지어야 할 판이었다. 나는 공사판을 벌이고 싶지 않았다. 나는 최소한의 물건만 챙기고 나머지 처리를 이삿짐 센터에 일임했다.

내가 교육청과 학교에 제출한 퇴직원은 이미 수리되었다.

이 겨울 지나면 고교 3학년이 될 학생들은 내일부터 열흘간 방학이다, 짧은 방학을 보낸 아이들은 다시 학교로 돌아올 테지만 나는 학교에 없을 것이다. 담임했던 반 학생들에게 다시 보기 어려우리라는 말을 하지 않는다. 방학 잘 보내라는 말로 종례를 끝낸다. 이로써 24년의 수학선생 노릇이 끝났다.

3

"원열, 그러니까 선생님 계정으로 전화기가 또 한 대 있는데요?"

해가 바뀌기 전에 아내의 전화 계정을 해지하고 내 번호도 바꾸기 위해 통신사 대리점에 들른 참이다.

"그럴 리 없는데요. 언제 만들어진 계정이에요?"

"2007년 9월 11일에 만들어졌는데요. 금년 7월 15일까지 왕성하게 사용되었고, 이후부터 휴면상태네요. 기본요금만 자동이체되고 있고요."

2007년 9월 11일. 그 전날이 내 생일이었다. 생일 날 오후에 나는 점심시간을 보내던 2학년 교무실에서 대학 시절 유일하게 친했던 친구 부친의 부고를 받았다. 저녁차로 대전의 한 장례식장으로 문상을 갔다. 상가에 갔더니 대학 시절 과 동기들이 잔뜩 와 있었다. 대학 졸업 후 처음 만나는 동기들이었다. 나이가 든 덕인지 동기들과 어울리는 게 그럭저럭 임의로웠다. 모처럼 술에 취했다. 밤기차를 타고 내려와 다음 날 아침에 일어나니 전화기가 없었다.

잃어버린 전화기에다 전화해 대는 내 꼴을 보던 아내가 전화기 분실신고를 하고 새 전화기를 구입해 놓겠노라 했다. 퇴근해 집에 갔을 때 번호까지 달라진 새 전화기가 거실 탁자에 놓여 있었다. 그때 새로 만들어진 전화번호를 지금까지 썼고 오늘 그 번호를 바꾸러왔다.

"번호가 뭡니까?"

직원이 모니터를 돌려 번호가 나온 곳을 짚어준다. 내가 지금 번호 이전에 사용하던 전화번호가 맞다. 아내는 나한테 새 번호의 새 전화기를 사다주고, 이전 번호를 자신이 썼다. 자신명의의 전화기와 아울러서 두 대를 사용한 것이다.

내가 보기에 퇴직 이후 아내의 생활은 매우 단순했다. 여러 분야에 도전했을지라도 버스에서 내려 기차를 타는 식이었다. 기차에서 내리면 배를 타고 배에서 내리면 택시 타고, 그 다음에는 비행기를 탄 것 같다고나 할까. 아내는 어떤 일이건 한번 빠지면 싫증 날 때까지 그것만 했다. 맹렬히 하므로 잘하기도 했다. 어머니는 미학적인 가치가 떨어진다고 폄하했지만 내가 보기에 아내의 작품들은 화사했다. 한 분야에만 매달렸더라면 전문가가 됐을 법했다.

아내가 전화기를 두 대씩 쓸 필요가 무엇이었는지, 나는 알고 싶지 않다. 아내가 쓰러졌을 때 핸드백에는 내가 알던 전화기만 들어 있었다. 묵음 상태로 돼 있어서 나는 전화벨 소리를 듣지 못했다. 장례를 치를 때는 배터리가 닳아 꺼져 있었다. 그걸 살릴 의지나 겨를이 없었고 이후 내내 묵혔다. 그처럼 방치했던 전화기를 지금 살리는 게 무슨 의미가 있으랴. 내가 쓰던 전화기와 아내 전화기의 계정을 해지한다.

먹통된 두 대의 전화기를 부엌에 있는 서랍 속에 넣으려다 새삼 살펴본다. 내 전화기의 몸체는 진홍색이다. 아내 전화기는 흰색이다. 몇 년 동안 무심코 사용했던 내 전화기 색깔이 어째서 진홍색인지 문득 의아하다. 아내의 전화기 색깔이 흰색인 것도 마찬가지다. 같이 산 전화기가 아니므로 매번 그냥 눈에 띈 것을 골랐을 수는 있다. 그렇지만 아내는 무슨 일이든 '그냥' 하는 사람이 아니었다. 새벽 식탁에 수저를 놓을 때도 식사시간이 촉박할 때와 여유로울 때의 위치를 달리했다. 뚝딱 먹고 나가야 할 때는 일어서기 쉬운 가장자리에, 여유로울 때는 가운데 자리에 놓았다.

물어볼 사람이 없으니 서랍장 속에다 넣는다. 해지해 버린 내 전화기 속에 저장된 번호들을 옮기지 않았으므로 이제 아는 번호가 어머니 전화뿐이게 되었다. 아내가 쓰던 내 명의 전화기에 알 만한 사람들 번호가 얼마나 들어있을지, 모르지만 무슨 상관이랴. 당분간은 호젓하게 지내보는 것이다. 내가 이 집을 구하면서 원한 게 그거였다. 호젓하게, 내가 친 거미줄에 내가 걸려 진땀 흘리는 꿈 같은 것 꾸지 않고 평화롭게 사는 것.

아내의 물건이 담긴 상자에서 내 명의가 분명할 검정색 전화기와 아내의 노트북을 들어내어 충전 코드를 꽂는다. 작년 가을에 아내가 노트북을 바꾼 건 알았으나 만져 본 적이 없다. 아내는 자신의 컴퓨터를 안방에 두고 지냈다. 나는 그녀가 안방을 '내 방'이라 칭한 이후 그 방에 들어가지 않았다. 그녀가 집에 없을 때도 마찬가지였다. 내가 들여다본 걸 그녀가 알아챌 것이라는 두려움과 눈치 채이고 난 후에 겪을 수선스러움이 지레 작용했던 것인지도 모른다.

밥을 안쳐놓고 거실 창으로 밖을 내다본다. 오후 세 시 갓 넘었는데 해질녘처럼 어둡다. 한 시간 저쪽의 도시에서는 제야를 밝히는 불빛들이 은성할 것이다. 이 영외리營外里는 소개疏開당한 빈 마을처럼 스산하다. 일기예보에서 오후부터 눈이 내릴 거라 하더니 눈발의 전조인지 바람이 무겁다.

백여 미터 아래 김 시인의 집을 막연히 쳐다보고 있노라니 불이 켜진다. 또 손님들이 온 모양이다. 내가 이사온 지 3주째인데 일주일에 두어 번씩은 손님이 오는 것 같다. 아침에도 차가 두어 대씩 있는 걸 보면 자고 가는 손님도 드물지 않다는 뜻일 것이다.

내가 이사오던 날 김 시인이 찾아와 큰 소리로 새 이웃을 반겼다. 술 좀 마시냐고 묻기에 가끔 마신다고 대답하자 격하게 좋아했다. 이삿짐센터 사람들이 짐 정리를 마치고 떠나는 걸 마당에서 배웅하고 있는데 그가 자신의 뒤창을 열고 소리쳤다.

"원 선생, 내려오시오. 이웃 된 기념으로 술 한 잔 합시다."

부담스럽긴 했으나 가장 가까운 이웃이 되었으므로 편하게 지내자 싶었다. 김 시인은 나보다 여섯 살이 많았다. 부부가 함께 입시학원을 운영하다가 자신이 독립을 선언했다. 오래전에 사 뒀던 영외리 땅에다 집을 짓고 시를 쓰며 살겠다고. 부인이 손을 들어주었고 그는 전업 시인이 되었다. 영외리로 들어온 지 3년째이며 광주에 있는 집에는 한 달에 한 번 꼴로나 간다고 했다. 그는 시집 다섯 권을 낸 시인이었다. 나도 글 쓰며, 혹은 글을 쓰는 척하며 살 생각으로 이 영외리로 들어왔다는 말을 하지 못했다. 그가 나한테 이런저런 속내를 물어오지 않아 다행이었다.

나는 등단작이 최종작이라는 속설을 증명하려는 것처럼 소설과 시에서 떨어져 지냈다. 이따금 소설 소재를 적어놓거나 시상을 잡아놓고 쓰기도 했으나 다 묵혔다. 소설은 등단작 한 편, 시는 등단작까지 아울러 다섯 편 발표한 게 다. 시 발표 지면을 찾아 나설 열의가 없었고 소설 한 편을 마무리 지을 의지가 모자랐다. 게다가 아내가 덩달아 시를 쓰겠다고, 또 소설을 쓰겠다고 나서지 않았는가.

그 무렵 글을 쓰려는 아내의 열망이 크고도 뜨거웠다. 그에 반비례하는 것처럼 내 욕망은 잦아들었다. 내 글은 정년퇴직하고 나서 찾자, 했다. 정년퇴직을 하고도 글을 쓰려는 욕구가 남았을 경우라고 전제하면서. 정년을 십여 년 남기고 퇴직해버린 지금 내게 글을 쓰고픈 욕구가 있는지 없는지 알 수 없다. 당분간 무위도식하듯, 마른 우물처럼 지내보고 나면 저절로 알아지리라 싶을 뿐이다. 마른우물에 무엇이 들어앉을지.

산골짜기 마을 가장 안쪽에 자리한 이 집의 당호는 옥빛처럼 맑고 환하며 높은 집이라는 뜻의 '영외당瑩嵬堂'이다. 전 주인이, 부인의 병이 나아 오래 살기를 바라서 지은 이름이라고 말했다. 부인이 암에 걸리고 십 년 넘게 살았으니 당호의 덕을 봤다면서 날더러 당호 새긴 팻말을 하고 싶은 대로 하라 했다. 두든지 떼서 태우든지.

나는 당호가 좋아서 이 집을 사기로 대번에 결정한 터였다. 진입로 서 있는 '영외당'이라는 목각 팻말을 그대로 두었다. 집 둘레의 땅을 어떻게 가꿀지는 아직 생각지 못했다. 전 주인 내외는 20평 남짓한 밭에다 채소 등을 가꿔먹고 나머지는 묵혀 놨다. 처음 들어올 때는 대대적인 공사를 해서 집 뒤 쪽의 숲과 양 옆 마당에다 조경을 했으나 몇 년이 지나면서 당하지 못해 내버려뒀다고 했다. 땅값이 쌌던 이유였다.

밥솥이 밥을 다 지었다고 알려준다. 전화기 때문에 나간 김에 한동안 먹을 김치와 밑반찬과 식재료를 사왔다. 사온 김치를 썰어 접시에 담는다. 두부 반 모도 잘라 접시에 줄지어 놓는다. 아침에 끓여먹은 시래기국이 남아 있지만 데우지 않는다. 국은 아침에 먹고 찌개는 점심에 먹고 저녁은 간소하게 먹는 게 아내의 식생활 방식이었다. 퇴직하기 전까지 평일의 나는 점심과 저녁을 학교 식당에서 해결했다. 아내의 방식은 주말이나 휴일에만 해당되는 것이었으나 나는 아직 아내의 방식을 따르고 있다.

부엌 벽에 걸어놓은 텔레비전을 켜고 음식 차린 소반을 그 앞으로 옮긴다. 점심 겸 저녁상인 셈이다. 수저를 들기 전에 볼만한 프로그램을 찾아 리모컨을 누른다. 연신 누르다보니 아내가 싫어하던 중국 사극 채널이 나타난다. '개봉부 판관 포청천'이다. 포청천 시리즈는 30대에 이따금 봤다. 요즘 나오는 포청천은 예전의 투박한 포청천이 아니라 날렵하고 세련된 인상이다.

포청천이건 뭐건 아내는 중국 사극 자체를 싫어했다. 연예인의 가족이 등장하는 예능 프로그램에는 낯을 찌푸렸다. 음식 먹는 프로그램들은 혐오했다. 나는 낄낄거리며 텔레비전을 시청하다가도 아내가 다가들면 움칫하여 리모컨을 건네주곤 했다. 결국 아내는 우리의 다른 취향을 빌미삼아 안방에다 텔레비전을 따로 들였다. 아내가 혼자 텔레비전을 보기 위해 문 닫고 들어앉았을 때에야 느꼈다. 아내가 싫은 건 취향 다른 프로그램이 아니라 나와 함께 텔레비전을 시청하는 시간이라는 걸.

아내가 떠나고 집에서 홀로 밥을 차려 먹게 되었을 때 문득 그 상황이 아주 익숙하다는 걸 깨달았다. 주말이나 휴일에 대개 아내가 차려주는 밥을 먹었는데 그 밥을 혼자 먹은 경우가 흔했다. 아내가 사찰음식을 배우러 다니면서 더 잦았다. 아내는 사찰음식 교실에서 배운 요리를 맛깔나게 차려 내놓고는 맞은편에 앉아서 내가 먹는 걸 쳐다보기만 했다. 음식 간보다 배가 불렀다거나, 지쳐 입맛이 없으므로 나중에 따로 먹겠다거나 그랬다. 때로는 나한테 텔레비전 보며 먹으라며 상을 거실에다 차려주고 자신은 방에 들어가서 내 식사가 끝난 후에 나오기도 했다. 그러니까 언젠가부터 아내는 나와 마주앉아 밥 먹는 것도 싫었던 것이다.

무엇 때문에, 왜, 그렇게 싫었을까.

그 또한 아내가 떠난 뒤 생긴 의문이므로 물어볼 데가 없었다. 어쩌면 아내 생시에 의문을 가졌어도 묻지 못했을 것이다. 각 방 쓴 지 오래되었고, 텔레비전 시청을 따로 하고, 밥상머리를 마주하는 일이 점점 드물어지긴 했어도 다른 문제는 없었다. 아니 서로 문제를 제기하지 않았다. 아이가 있다가 없어진 것도 아니므로 아이 없는 허전함을 느끼지도 못했다. 함께 하는 시간이 적었어도 내 앞에서 아내는 대체로 명랑했다. 자신이 무슨 일을 했는지, 누구를 만나 무슨 대화를 나눴는지 자주 이야기했다. 홀로 자유로이 보낸 시간의 내용을 말할 때 아내는 자유로워보였다. 그 모습이 편해 보여 나도 불편하지 않았다.

설거지를 미루지 않는 것도 아내의 방식이다. 식사 마치자마자 설거지하고 마른행주질까지 해서 그릇들을 제 자리에 놓는다. 이 영외당 부엌에서 그릇들의 자리를 정한 사람은 이삿짐센터 주방 담당 직원이다. 전 집에서 이사 준비할 때 부엌살림을 추려준 사람도 그다. 혼자 살아도 있을 건 다 있어야 한다고 선언한 직원은 6인용의 그릇을 챙겼다. 나머지 조리기구들도 가장 최근에 구입된 순서로 골라내 포장했다. 부엌 물건들 중 십분의 일쯤 되는 것 같다고 했다. 다른 물건도 그 정도만 골라왔다. 거의 다 옮겨온 건 서재에 있던 물건들뿐이다.

이 영외당은 오래된 기억자형의 한옥을 형체만 남기고 다 털어낸 뒤 증축했다고 했다. 앞뒤로 넓히고 양쪽 덧지붕을 올려 늘린 식이었다. 서향으로 화장실과 주방, 남향으로 너른 마루방과 보통 방 한 칸이다. 부엌과 마루방 사이는 양쪽이 트인 책장 형태의 가벽이 만들어져 있었다. 전 주인들이 장식장으로 썼던 것 같았다.

나는 가벽을 책장으로 쓰기로 했다. 책이 3천여 권에 달했다. 그 가벽을 시집들로 채우고 마루방을 빙 둘러서 책장을 세우고 책을 넣었다. 아내의 책이 2천 권쯤 될 것이다.

아내가 쓰던 노트북을 비로소 열어본다. 바탕화면 가득히 아내의 사진이 깔려 있다. 아내는 대학 3학년 때 학교 홍보대사로 활동했고 교지의 표지모델을 했다. 그 사진이다. 젊은 그녀의 얼굴 주변으로 수십 개의 앱과 파일이 떠 있다. '페이스북'을 했던가, 그 앱도 있다.

청소년 시절 나는 또래들이 즐기는 전자오락에 흥미를 느끼지 못했다. 만화와 책을 읽고 수학 관련 도서를 읽는 게 내 적성에 맞았다. 책에서 읽은 수학 이론을 일상과 자연 현상에 적용해보는 게 재미있었다. 나무, 구름, 빗줄기, 담배 연기 같은 것에서 전체와 부분이 같은 '자기 닮은 도형'을 찾아내거나, 번개가 치고 천둥이 울리기까지 시간이 얼마나 걸리는지 계산해보거나, 일식이나 월식의 날짜를 계산해보거나.

디지털 기기가 일반화된 후에 인터넷 게임에도 손대지 않았다. 컴퓨터 화면을 마주하고 익명의 사람들과 점수를 겨루거나 소통하는 상상은 꺼림칙했다. 낯선 사람이 내 옷 속으로 손을 집어넣는 것 같았다. 마찬가지 이유로 소셜네트워크에도 접속하지 않았다. '카카오톡'을 소셜네트워크로 칠 수 있다면 그게 다다. 그나마도 문자메시지를 대신하는 정도다.

페이스북 계정을 열자마자 상단에 자그만 아내의 사진과 한유진이라는 이름대신 엉뚱한 이름이 나타난다. 한여리. 계정이 한여리한테 묻고 있다.

무슨 생각을 하고 계십니까?

한여리라는 이름이 낯설지 않다. 삼십대 초반까지 아내는 나를 열이씨라고 불렀다. 한여리는 아내가 자신의 성과 내 이름 열을 연철하여 만들어낸 필명 혹은 예명인 것이다.

동전 크기만 하게 나타난 아내의 사진을 클릭해 본다. 프로필 사진이 확대되고 그 곁에 한여리라고 분명하게 적혀 있다. 프로필 글이 '저는 좋은 사람만 좋아하는 속 좁은 시인이에요. 저한테 친구 청하실 때는 제 포스팅부터 봐 주세요'이다.

프로필 문구 옆에 타임라인, 정보, 친구 등의 항목이 있는데 친구 숫자가 4,995명이고 친구요청을 해온 숫자는 2,138명이다. 팔로워는 7,159명. 정보 항목에 나타난 한여리는 기혼이고 시인이다. 출신학교나 거주 도시 등은 나타나 있지 않다.

"한여리 시인은 친구가 많았군."

중얼거리고 나니 아내가 시인이라는 게 기정사실 같다. 흡사 내가 아내가 시인인 걸 잊고 산 성싶다. 나는 아내의 많은 것을 모르거나 잊고 지내왔지 않은가.

"이쯤에서 닫고 계정을 탈퇴할 방법이나 찾아보지."

혼잣말을 하면서도 내 손은 마우스를 움직여 아내의 최근 게시물을 찾아낸다. 지난 5월 15일, 아내가 쓰러지던 날 오전 10시에 게시됐다. 제목이 「탈레스의 어둠」이다.

> 한낮에 빛을 잃어 갑자기
> 밤이 찾아오리라
> 천문(天文)을 헤아려 일식(日蝕)을
> 예언했던 당신
> 당신이 빠진 허방 그, 속
> 신들의 과오와 분노 계산할 수 있나,
> 어떻게?
> 하늘의 공약수와 공배수 사이
> 어딘가에 있을
> 길, 당신의 빛 혹은 나의 어둠

내가 수첩에다 끼적여 데스크톱에다 저장해 뒀던 글의 전반부이다.

아내가 게시물을 올리기 일주일 전쯤 주말에 집에 혼자 있다가 해질녘이 되었다. 아내가 저녁을 먹고 들어간다고 전화해 왔다. 전화기를 접으며 무심코 창밖을 보는데 문득 최초의 수학자로 알려진 탈레스가 떠올랐다. 그가 일식을 예언했다는 것이며 하늘만 쳐다보며 걷다가 웅덩이에 빠졌다는 일화도 생각났다. 그 주변에 있던 사람들이, 자신의 발밑도 보지 못하면서 천체의 신비를 연구한다는 그를 딱해 했다던가.

그때 잡힌 이미지를 시처럼 우선 잡아놓고 뒷부분에는 A4용지 한 장 분량의 소설 투 산문을 달아뒀다. 언젠가 때가 오면 시나 소설로 만들어 보려니 하면서.

그런데 아내는 아직 시가 되지 못한 내 글을 자신의 글로 페이스북에 올려놨다. 마지막이 될 거라고는 꿈에도 예상치 못했을 「탈레스의 어둠」에 달린 댓글 숫자가 571개다. 그 전날 게시물은 오색나물의 사진과 나물 조리 과정인데 댓글이 385개다. 나물 사진 전날 게시물은 내가 쓴 시 「수직선은 평면에서 그치지 않고」와 아내가 찍었음직한 서재 사진이다.

서재 사진을 확대해보니 시집들이 꽂힌 책장 가운데 칸이 중심이다. 시집들이 얇은데다 세로로 꽂혀서 제목을 읽기는 어렵다. 그래도 같은 출판사의 시집들이 모여 있으므로 대충 알겠다. 여명출판사 시선집 쪽이다.

시집들을 꽂아 둔 가벽, 여명 출판사의 시집들 사이에서 한여리 시집 『나는 기억 한다』를 찾아낸다. 간행일자가 이태 전 4월 3일이다. 프로필 사진의 그녀는 안경을 끼고 옆으로 앉아 있다. 언뜻 보면 아내인 줄 모를 것 같다. 시집을 죽죽 넘겨보니 사오 년 전쯤부터의 내 시들이다.

그렇다면 이것뿐만이 아닐 터. 7백여 권의 시집을 차근차근 훑어본다. 『간지러움의 깊이』와 『은근한 불행』이 한여리 시인의 시집이다. 『간지러움의 깊이』는 10년 전, 『은근한 불행』은 6년 전에 출간됐다. 한여리는 여명 출판사의 문예지 『여명』을 통해 등단했고 세 권의 시집을 모두 거기서 출간했다. 세 권의 표제작들을 읽어본다. 제목은 다를지라도 전부 내 시들이다. 토씨 하나도 바꾸지 않고 고스란히 실었다.

아내가 내 시들로 세 권의 시집을 내며 10년을 사는 동안 나는 아무런 기미도 느끼지 못했다. 웃을 수는 없어도 화가 나지는 않는다. 화가 나지는 않으나 당장 페이스북 계정을 닫을 수는 없을 것 같다. 한여리 시인이 『나는 기억 한다』를 출간한 이후에 페이스북에 발표해버린 내 글들의 범주는 확인해야 하지 않은가. 어쩌면 페이스북만도 아닐 것이다. 홈페이지, 블로그, 인스타그램, 트위터 등등. 전화기를 두 대나 써야 했던 이유가 무엇이겠는가.

충전시켜 놨던 전화기의 전원을 켜본다. 통신사의 로고가 나타났다 사라진다. 곧이어 모바일 접속을 허용하겠냐는 알림이 나타난다. 허용 글자를 누르자 아내의 수예 작품인 능소화를 바탕으로 수십 개의 앱이 떠오른다. 카카오톡, 카카오스토리, 페이스북, 밴드, 유튜브 등의 소셜네트워크 앱들이 중간중간 끼어있다. 카카오톡 앱을 누르자 새떼가 한꺼번에 지저귀는 것 같은 소리가 난다.
까뚝까뚝까까까뚝뚝까뚝 …….

"원 선생! 원 선생 계십니까?"

김 시인이었다. 자신의 집에 홀아비들이 모여 술판을 벌이고 있으니 같이 한 잔 할 의향이 있는지 물으러 왔다. 그를 따라 나왔더니 함박눈이 쏟아지는 참이었다. 머리며 어깨에 쌓인 눈을 털며 김 시인의 거실로 들어섰다. 모차르트의 음악이 낮은 음으로 싸라기눈처럼 굴러다녔다. 다섯 남자가 탁자를 둘러앉아 있었다.

김 시인이 나한테 앉은 순서대로 그들을 소개했다. 55세의 박 시인, 57세의 최 시인, 61세의 김 화백, 65세의 윤 원장, 51세의 강 작가! 김 시인이 소개한 그들의 나이와 호칭이 그러했다. 김 시인이 자신까지 아울러 최소한 30년 전부터 알아온 벗들이라 덧붙이곤 나한테 주문했다.

"원 선생에 대해서는 영외당의 새 주인이라는 것밖에 모르니 본인이 알아서 하시구려."

"저는 원열입니다. 쉰한 살이고요, 얼마 전까지 고등학교에서 선생노릇을 했습니다. 몸이 좋지 않아 도시 살이를 접고 이 마을로 들어왔습니다."

내가 나를 소개하는 동안 건너편에서 가만히 쳐다보고 있던 최 시인이 곧추 앉으며 입을 연다.

"원열 선생. 혹시 2000년에 한국신문 신춘문예에 시 당선된 그 원열입니까?"

그걸 기억하는 사람을 여기서 만난 건 천만 뜻밖이다.

"어떻게 그런 걸 아십니까?"

"글 판은 아주 좁은 셈이지요. 내가 그 해 경향일보 신춘문예로 등단했어요. 그 무렵에 신춘문예 시와 소설들만 모은 신문문예 작품집이 발간됐잖아요. 소설은 몰라도 시인들은 동족이라 작품집에 실린 시들을 샅샅이, 은근한 경쟁의식까지 느끼며 읽었던 기억이 있어요. 시는 기억나지 않지만 열이라는 외자 이름은 생각나요. 암튼 그 원열 시인이 맞다는 거지요?"

"그렇기는 한데 그 이후에 시를 안 쓰고, 못 써서 시인이라고는 못합니다."

"이제 쓰면 되지요. 아무려나, 원 선생. 반갑습니다. 한 잔 받으시지요. 그리고 오늘 제야회除夜會의 회원이 되신 것을 환영합니다. 참고로 이 제야회는 오는 자정까지만 유지됩니다. 아, 물론 그 전에라도 언제든 탈퇴하실 수 있습니다."

다들 술잔을 들며 환영한다고 소리친다. 잔을 비우는 사람도 있고 그냥 내리는 사람도 있다. 윤 원장은 맥주잔을 반만 비우고 내려놓는다. 나도 두어 모금 마시고 잔을 내린다. 비운 잔을 다시 채우던 강 작가가 윤 원장을 향해 말한다.

"그래서요, 원장님. 원 시인 들어오기 전에 하시던 말씀, 이어주시지요."

강 작가의 말에 김 시인이 나선다.

"내가 원 선생 모시러 간 잠깐 사이에 무슨 이야길 했는데?"

김 시인의 질문에 강 작가가 윤 원장을 쳐다보자 그가 고개를 끄덕인다.

"원장님이 오래전에, 개인 병원에서 월급 받는 의사로 3년쯤 지내셨대요. 대학 입시가 막 끝난 12월 중순에 한 여학생이 병원으로 찾아와서 상담을 요청하기에 월급의사였던 원장님이 면담하셨답니다. 그런데 여학생이 먼저 고등학교 3년간의 성적표와 수학능력시험 성적표를 내놓더래요. 고등학교 때는 두 번 2등이고 나머지는 전부 1등이더랍니다. 수학능력시험은 만점에서 4점 모자랐고요. 여학생이, 자신은 서울대를 갈 만한 성적이지만 서울로 진학할 형편이 도저히 안 돼서 이쪽 국립대에 장학생으로 입학할 거라고 했답니다. 그러면서 지금은 돈이 없지만 대학 입학 후에 과외 아르바이트를 해서 갚을 테니 성형수술을 해 달라고 청했대요."

듣고 보니 윤 원장이 성형외과 의사인 모양이다.

"그런 일이 있었어요? 그래서요?"

김 시인의 채근에 강 작가가 말을 잇는다.

"원장님이 보아하니 수술만 해 놓으면 예뻐질 것 같은데다 여학생이 가엽기도 해서 해주기로 했답니다. 경비와 시간과 정성을 들여서, 눈을 키우고 코를 높여 준 거지요. 두 번에 나눠서 할 수술을 한 번에 종일 걸려서 했고요."

"왔다리! 피그말리온!"

"맞습니다. 일주일 뒤에 실밥을 뽑고 다시 열흘 뒤에 경과를 확
인하러 온 여학생이 놀라운 미인이 되었던 거죠. 여학생은 입학이
확정되자 이름까지 바꾸고 찬란한 대학생이 됐지요. 대학 졸업하
자마자 국어교사 임용시험에 딱 붙어 국어선생이 됐고요. 교사로
발령받은 해 겨울에는 부모 양쪽이 다 교수인 고교교사와 결혼을
했답니다. 한참 후에는 시인이 되어서 수만 명의 팬을 거느리게 됐
고요. 그러는 사이에 원장님한테 간간히 찾아와서 제 사는 이야기
를 했고요. 잘 빚은 조각에다 생명을 불어넣어 놓은 원장님은 피그
말리온과 달리 그녀와의 결혼을 소망할 수는 없었죠. 왜냐. 그녀를
처음 만날 때 원장님은 이미 결혼하여 아이까지 둔 상태였으니까
요. 그리하여 원장님은 30년 동안 짝사랑만 하고 있다는 슬픈 이야
기인 거지요. 그렇죠, 원장님?"

강 작가의 질문이 자신을 향하자 윤 원장이 쑥스러운 고개를 젓
더니 입을 연다.

"젊은 시절에야 영희를 짝사랑도 했겠지만 어느 결부턴가는 안
쓰러운 누이 같아졌지. 내가 이 얘길 꺼낸 이유는 아까도 말했지만
자네들한테 물어보기 위해서야. 대체 그 친구가 어디로, 왜 증발했
는지. 못해도 이삼일에 한 번씩은 페북과 블로그에 글이나 사진을
올리던 사람이 어떻게 그처럼 잠잠해져 버렸는지. 블로그나 페북

을 닫아버린 거라면 이제 얌전히 글만 쓰려나보다 하겠는데 그 친구는 그냥 멈춰 있거든. 전화기는 번호가 바뀌거나 없어진 게 아니라 내내 꺼져 있다고 하고. 대체 어찌된 일일까? 누구, 그 친구가 요즘 어떻게 지내는지 아는 사람 없나?"

다들 영희가 누군지 아는 모양이다. 어디 사는지 알면 찾아가보라느니, 출판사에 전화해보라느니, 그 남편을 찾아보라느니, 한 마디씩 한다.

김 시인 말대로 이 바닥이 좁긴 하다. 이 동네에서 사귄 사람이 없는 나만 바닥 좁은 줄 몰랐다. 새벽에 일어나면 씻고 출근하고 종일토록 학교 안에서 지내다가 집에 오면 밤 열시이기 일쑤였다. 휴일이나 주말에는 늦잠자고 텔레비전 보고 책 읽고 동네 한 바퀴 도는 산책이나 했을까. 방학 때면 사람이 드문 곳만을 찾아다니며 여행을 했다. 처음에는 둘이서, 십 년쯤 지나서부터는 혼자서.

잔에 남아 있던 맥주를 마신다. 잔을 내려놓으며 창밖을 건너다본다. 뜰에 선 주황빛 외등에 눈발이 주황빛으로 날리고 있다. 모차르트는 여전히 낮게 흐르는데 곡이 변했다. 피아노협주곡 21번, 영화 〈엘비라 마디간〉의 주제곡. 그런 걸 나한테 설명해 주던 아내는 모차르트 음악을 잘 알았다. 좋아했는지는 알 수 없다. 모르는 것 천지다. 맥주 한 잔을 더 따른다. 이것만 마시고 이 제야회에서 탈퇴해야겠다.

제2부

평화를 향한 하인리히 뵐의 열망

인류의 '온전한 평화'를 위해 평생을 바친 하인리히 뵐과 그의 풍자문학[*]

사지원

1. 인류의 '불안한 평화'

크리스타 볼프는 "서구의 역사가 전쟁의 역사"라고 했지만 사실 동구도 마찬가지다. 이런 의미에서 인류의 역사는 전쟁의 역사라고 해도 과언이 아니다. 이는 달리 표현하면 그만큼 세계평화유지가 어렵다는 의미일 것이다. 더구나 남의 땅을 정복하여 노동과 자원을 착취하고 강대국을 이룬 국가들이 여전히 제국주의 의식을 가지고 군사적으로 경제적으로 패권다툼을 하고 있기에 영구적인 세계평화는 요원한 일인지도 모른다. 이들은 동서냉전의 이념대립이 사라진 지 30여 년이 흐른 지금도 무기개발로 약소국들의 군

---

[*] 이 글은 『독일언어문학』(2018.3)에 실린 「독일 아데나워 정부의 재무장에 대한 하인리히 뵐의 풍자와 저항」을 수정한 글임.

비확장을 부추기고 글로벌화란 명분으로 세계를 더욱 치열한 경쟁구도로 몰아가고 있다. 때문에 세계 곳곳에서 국지전이 끊이지 않고 테러가 일상을 위협하고 있으며, 세계시장에서는 각축전이 벌어지고 있다. 요컨대 제2차 세계대전이 끝난 지 반세기 이상이 흘렀지만, 세계에는 여전히 '불안한 평화'가 지속되고 있는 것이다. 지구촌의 또 핵을 머리에 이고 있는 우리나라의 '불안한 평화'는 독문학자인 필자에게는 세계평화운동에 앞장섰던 독일의 노벨문학상 수상작가 하인리히 뵐을 떠올리게 한다. 그는 세계의 '온전한 평화'를 위해서 평화운동이 일어난 곳이면 어디든지 달려가서 선두에 섰으며 경제부흥과 함께 되살아났던 아데나워 정부의 군국주의를 가장 맹렬히 공격했던 작가였기 때문이다. 따라서 이 글에서는 전후 독일연방공화국의 재무장을 문학적으로 풍자한 작품들을 중심으로 하인리히 뵐의 저항을 살펴보고자 한다.

2. 아데나워 정부의 사회적 시장경제와 재무장에 대한 하인리히 뵐의 저항

하인리히 뵐은 제2차 세계대전 후 독일연방공화국을 수립하고 사회적 시장경제를 택한 아데나워 정부를 가장 질타한 작가였다. 그가 당시 독일사회의 발전 과정에 저항했던 이유는 자본주의사회가 초래한 심각한 빈부의 차이를 개인의 책임으로 돌리며 그 경제적 부흥에 취해서 불과 몇 년 전에 세계를 파멸로 몰아갔던 만행을 잊고 재무장을 논하는 아데나워 정부와 그 정부에 발맞추어 가는 국민정서에 충격을 받았기 때문이었다.

바이마르공화국의 가톨릭중앙당 소속이었으며 이 정당을 토대로 하여 창당된 기독교민주연합의 수장이었던 콘란트 아데나워는 1949년 독일연방공화국의 초대총리가 되었다. 그는 근면과 훈련 및 책임감과 같은 시민적 가치를 바탕으로 경제재건을 하였으며 자신의 고향이자 정치적 텃밭인 라인지역의 가톨릭정신을 강조함으로써 이 가치들을 정당화하고 반사회주의의 토대로 삼았다 특히 제로 상태에서 다시 시작해야 했던 당시 "가능하면 사회주의라고 부르는 것, 기독교적인 사회주의 또는 사회주의적 아이디어와 연계했어야 했음에도"(Böll 1975, 71) 불구하고 이 "희망"(Böll 1977 : 141)을 아데나워 정부가 무너뜨렸기 때문에 뵐은 여러 인터뷰에서 당시의 상황을 매우 안타까워하며 이 정부에 맞섰다.

또한 뵐은 가톨릭이라는 종교를 전면에 내세워 시민들의 지지를 받는 정치계만이 아니라 이 집권 여당과 연대하여 재정적 이득을 보고 있는 독일 가톨릭교회도 신랄하게 비판하였다. 뵐 역시 아데나워 총리와 같은 쾰른 출신이며 전형적인 가톨릭 집안에서 자랐지만, 그는 기독교민주연합과 같이 정당명에 기독교가 포함되어 있다는 것, 또 독일에 종교세가 존재한다는 것을 용납할 수가 없었다. 이는 정치와 종교의 연대 없이 불가능한 것이었기 때문이다. 따라서 그는 독일 가톨릭교회를 정치와 "혼인관계"(Böll 1971 : 21)에 있다고 공격하였다.

동시에 그는 히틀러 치하에서 "갈고리 십자 훈장을 달고" 권력을 향유했던 자들이 또 다시 "갈고리 십자 없는 훈장을 달고 부끄러움 없이"(Böll 1967 : 47) 아데나워의 내각에 편승하는 것을 질책하였다.

언급한 바와 같이 사회적 시장경제정책을 택하여 신속히 경제복구를 했던 아데나워 정부는 1952년 5월에 미국, 영국, 프랑스와 평화협정을 체결하여 독일에 대한 연합군의 점령체제를 정식으로 종결시켰다. 또 1954년 10월에는 서방 9개국과 파리협정을 체결하였다. 그에 따라 연합군은 그들의 권한을 하나씩 양도했고, 파리협정이 발효된 1955년 독일연방국은 실질적인 자율권을 얻었으며 주권을 회복하였다. 동시에 독일연방공화국은 서방국가들과 통합을 해갔고 나토NATO와 서유럽연합WEU에 가입하였다. 또 1956년 1월 초에는 연방군을 창설하였다. 그러니까 독일을 해방시켰던 권력들은 독일을 다시 무장시켰고 그럼으로써 독일 내에서 정치적 관심을 불러일으켰던 것이다.

이런 일련의 과정을 지켜 본 뷜은 1957년 아데나워 정부의 재무장에 대한 "최초의 풍자텍스트"(Sowinski 1986 : 98) 「수도저널」을 발표하였고 1959년에는 국방부장관에게 총격을 가하는 『아홉시 반의 당구』를 발표하였다.

1961년에는 베를린장벽이 세워지고 1962년에는 쿠바 미사일

위기*가 터지자, 동서냉전은 더욱 고조되었다. 이때에도 뷜은 다시 군대에 가게 될까 봐 두려워하는 "노이로제 환자" 빌헬름 슈밀더를 주인공으로 내세워 『부대로부터 이탈』(1964)하라고 권장하였다. 이어서 그는 1966년에 결국 군용차를 방화함으로써 『운전임무의 끝』을 외쳤다.

　이 글에서는 「수도저널」과 『부대로부터의 이탈』을 분석함으로써 아데나워 정부의 재무장에 대한 하인리히 뷜의 풍자와 저항을 조명하고자 한다. 동시에 평화에 대한 그의 갈망도 함께 짚어보고자 한다. 두 작품을 분석대상으로 택한 이유는 이러하다. 『아홉시 반의 당구』와 『운전임무의 끝』에 대한 연구는 국내외에서 비교적 활발한 반면에, 두 작품에 대한 연구는 아직 미미하기 때문이다.

---

* 1962년에 일어난 쿠바 미사일 위기는 1962년 10월 14일 미국 측의 첩보기 록히드 U-2가 쿠바에서 건설 중이던 소련의 SS-4 준중거리 탄도 미사일(MRBM) 기지와 건설현장으로 부품을 운반하던 선박의 사진을 촬영하면서 시작된 미국과 소련과의 대립을 의미한다. 소련의 미사일은 미국이 터키와 중동에 설치한 핵미사일에 대응한 것이었으나, 미국은 쿠바에 설치된 미사일의 즉각적인 제거를 요구하였다. 미국은 터키와 중동국가에 설치된 ICBM 기지를 은밀히 제거한다는 내용의 조건을, 소련은 몇 달 내에 쿠바의 모든 미사일을 철수한다는 조건을 내걸고 조약을 체결함으로써 핵전쟁의 위기는 종결되었다. 당시 케네디 대통령은 앞으로 쿠바를 침략하지 않겠다는 데에도 동의하였다.

3. 아데나워 정부의 재무장에 대한 하인리히 뵐의 문학적 풍자

1) 나치 장교의 민주사회로의 화려한 복귀

뵐은 아데나워의 자서전 「기억 1945~1953」에 대한 서평 (1965)에서 아데나워는 수감되어 있는 나치전범자들이 병이 있다는 이유로 석방될 것이고 다시는 구속되지 않을 것을 영국 정부의 고위직 위원이 약속했으며 미국인들도 이에 동참할 수 있을 것이라고 미국의 국무장관 둘레스와 초대 서독 주재 미국대사 코넌트에게 조언했다고 강조하며, 아데나워는 1950년부터 수감되어 있는 나치전범자들의 석방을 위해서 노력했다고 힐책했다. 또한 한 인터뷰에서 뵐은 이미 "1950~1951년에 우리가 재무장될 것이라는 것을 명백히 느낄 수 있었다. 옛 나치들과 전범자들이 매우 관대하게 처리되었고 예전의 장교들과 정치가들이 모두 석방되었으며 어딘가로 숨어들었다"(Böll 1977 : 138)고 주장했다. 이처럼 전후 아데나워 정부의 정치방향과 정치 실태에 대한 실망을 표출하였던 그는 1957년 나치전범자들의 정계 복귀와 독일의 재무장 및 이들을 후원하는 자본과 교회의 연계를 총체적으로 보여주며 풍자하는 「수도저널」을 발표하였다.

이 소설에서 뵐은 싸구려 러시아 궐련과 더러움이라는 뜻의 이름을 가진(Sowinski 1986 : 97 참조) 마조르카-무프에게서 나타난 모순을 통해서 옛 나치의 화려한 복귀를 비웃는다.* 마조르카-무프의 모순과 그에 대한 풍자는 세 부분(사유와 행동, 여성을 통한 화려한 복귀, 가톨릭교인)으로 나누어 조명해볼 수 있다:

그의 사유와 행동에 내포되어 있는 첫 번째 모순은 군인정신이 인간생명보다 우위에 있다는 점이다. 그를 신뢰하는 상사들로부터 "마조"라고 불리는 마조르카-무프는 상명하복의 군인정신으로 철저히 무장되어 있다. 예컨대 제2차 세계대전 시에 거의 피바다가 된 적과의 전투에서 13명의 부하가 살아남았는데, 그중 4명을 모반을 꾀해서 살아남았다는 이유로 총살시켰다. 당시 그의 행동을 보고 사단 지휘관이었던 벨크 폰 슈놈은 오직 군대의 규율과 질서만을 최고의 가치로 여기는 그를 "이상주의자"라고 칭했다. 하지만 이로써 그는 부하의 생명보다 장교라는 직위를 소중하게 여기는 인물임이 드러난다. 반면에 그가 장교라는 직위에 적합한가 하는 의문이 들게 한다. 부하의 생명을 지키는 것도 상사의 임무이며 사명일 텐데, 그는 전투에서 목숨을 바치지 않고 모반을 꾀해서라도 살아남았다고 살아남은 자들을 탓했기 때문이다. 그러니까 이 나치장교는 승리하지 못할 바에는 장렬하게 목숨을 바쳐야 한

---

* 풍자란 "기본사유를 더 이상 할 수 없을 때까지 지속적으로 과장해가는 것"(Böll 1978 : 279)이라고 뵐 스스로 말했듯이, 그는 「무르케 박사의 침묵수집」에서처럼 등장인물의 이름과 사유와 행동을 극단으로 몰아가면서 어이없는 장면들을 만들어낸다. 이러한 서술기법을 통해 그는 독자가 작가의 의도를 파악하기를 바랐다.(사지원 2016 : 133~149)

다는 사고의 소유자인 것이다.[*]

이런 그의 사유는 "군인의 기억을 위한 아카데미" 착공식 연설에서 더욱 여실히 드러난다. 그는 자신이 존경하는 휘르랑어-히스 장군이 슈비치-슈발로케 전투에서 후퇴해야 했을 때, 단지 8,500명의 희생자만을 냈다는 이유로 히틀러의 총애를 잃고 프랑스의 비아리츠로 보내졌으며 그곳에서 가재 독에 의해서 사망했다고 주장한다. 하지만 이는 사실이 아니며 슈비치-슈발로케 전투에서는 실제로 14,700명이 전사했다고 그는 목소리를 높인다. 다시 말하면 희생자가 많지 않다는 것은 그만큼 목숨을 바쳐서 싸우지 않았다는 의미이며, 때문에 히틀러에 의해서 책임을 추궁당하고 형벌에 처해졌다는 것이다. 하지만 그 당시 밝혀진 것보다 거의 두 배 가까이 희생되었기에 휘르랑어-히스 장군은 억울하다는 것이다. 그래서 그는 장군의 명예회복을 위해서 건립될 이 아카데미의 명칭을 "군인의 기억을 위한 휘르랑어-히스 아카데미라고 칭하겠다"고 선언한다.

이 장면에서 뵐은 폭소를 터트리게 하는 발상을 내놓는다. 즉 뵐은 장군이 프랑스 비스케이만의 휴양도시 비아리츠로 보내진 것이 과연 형벌이었을까? 또 해변의 휴양도시에서 비싼 가재를 먹다

---

[*]　　반면에 뵐은 나치를 위해서는 절대로 죽어서는 안된다고 생각했고 죽을 수 없었기에 탈영을 감행했었다.(Böll 1967 : 168f. 1975 : 39ff. 참조) 이점만 보아도그가 얼마나 마조르카-무프를 통해 나치장교를 비웃고 있는가를 알 수 있다.

가 사망한 것이 처형이었을까? 이를 생각해보라는 것이다. 좀 더 설명하면 비록 실패한 전투였지만 휘르랑어-히스 장군은 사망 수를 축소하여 보고함으로써 적은 희생자를 냈다는 이유로 히틀러로부터 포상을 받고 휴양도시로 휴가를 간 것이다. 그러나 인간생명이 아니라 오직 원칙과 규율과 장교라는 직위만을 중요시하는 마조르카-무프는 자신의 기준으로 판단함으로써 사실은 휘르랑어-히스 장군의 희생자 수가 더 많았다고 폭로하는 실수를 범한 것이다. 그럼으로써 그는 오히려 휘르랑어-히스 장군의 명예를 추락시킬 뿐 아니라 그를 두 번 죽이는 결과를 초래하고 만다. 그러니까 뵐은 당시 나치에 충성한 장교들의 사유와 행동을 극단으로 몰아가는 풍자를 통해서 이런 어이없는 장면을 창안해내고 있다고 할 수 있다. 또 그럼으로써 그는 생명 보호가 아니라 군인이라는 직업 자체를 더 중시 여기는 나치 장교의 왜곡된 군인정신과 상식 이하의 판단을 지적한 것이다.

동시에 뵐은 여기서 또 다른 효과를 노린다. 즉 그는 전술이나 전략교육이 제대로 되어 있지 않은 나치 장교들을 폭로한다. 전쟁 광신자인 히틀러가 전투에서 무조건 많은 희생자들을 내야 목숨을 걸고 싸웠다고 여길 것이라고 판단하며 전술교육조차 제대로 받지 못한 사람이 나치 장교였음을 드러냄으로써, 뵐은 6년간의 나치 시기가 얼마나 위험하고 위태로웠는지를 밝힌 것이다. 달리 표현하면 평화의 시기라면 예상조차 할 수 없는 신분상승으로 젊은이들을 부추기고 훈련시켜서 전쟁터로 내모는 히틀러의 수법과 나치가 신분 차이를 극복시켜 주고 경제적 부를 줄 것이라고 믿는 소시민층의 히틀러에 대한 경의를 풍자했다고 볼 수 있다.* 요컨대 뵐은 나치 장교의 아카데미 착공식 연설로 이중효과를 내고 있는 것이다.

하지만 이에 그치지 않고 뵐은 이 장면으로 연방군 창설이 이루어진 1956년의 현실을 정확히 조명한다. 새로이 창설된 연방군의 수장을 처음 1년 여간은 테오도르 블랑크가, 이후에는 프란츠 요셉 슈트라우스가 맡아서 연방군을 이끌었다. 나치 장교 마조르카-무프가 연방군 장군으로 복귀하듯이, 당시 두 국방부장관은 연방군의 장교와 하사관을 이전의 국방군으로 조직했었다.

어처구니없는 실수를 하면서도 자신의 오류를 모르는 마조르카-무프는 자신을 "올바르고 강인한 군인정신"의 소유자라고 자평하고 자랑스러워한다. 요컨대 군인에 대한 강한 자부심으로 그는 자신이 존경하는 선배 장군 휘르랑어-히스 장군을 민주주의 사회에서 부활시킬 것이라는 착각에 빠진 것이다.

마조르카-무프의 두 번째 모순은 휘르랑어-히스 장군을 내세워 더욱 화려하게 수도 본에 등장하는 그의 복귀에 내포되어 있다. 그가 '어딘가'에서 수도 본으로 올 수 있게 된 계기는 "돈의 귀족"을

---

*   이런 장면은 『아담 너 어디에 있었느냐?』와 『부대로부터의 이탈』에서도 찾아볼 수 있다.

애인으로 두어 정치계를 움직일 수 있었기 때문이다. 그의 애인은 빌헬름 2세가 퇴위하기 이틀 전에 귀족 반열에 오른 폰 차스터 가문의 딸이다. 즉 이 가문은 돈으로 귀족을 산 것이다. 그러나 과정이야 어떻든 "타고난 귀족과 다를 바가 없다"고 마조르카-무프는 여러 번 강조한다. 그 이유는 그녀가 7번 이혼을 했지만 품행에 문제가 없고 여전히 우아하고 매력적인 귀족여성임을 강조함으로써 스스로를 위로하기 위함이다. 심지어 그는 그녀의 7번의 이혼은 자신이 전쟁터에서 7번의 죽을 고비를 넘긴 것에 상응하다고 자위한다. 즉 두 사람은 똑같은 아픔을 가졌기에 자신이 손해볼 것이 없으며 이제 과거의 아픔을 잊고 이 민주사회에서 재탄생하여 새로운 삶을 시작하면 된다는 것이다. 따라서 그는 독일 정치계를 움직이는 그녀를 높이 평가하고 아주 흡족해하며 기꺼이 그녀의 8번째 남편이 되고자 한다.

이처럼 무르조카-무프를 극도로 만족시킨 그의 애인 인니가 폰 차스터의 능력과 수완은 실로 대단하다. 미모와 엄청난 부와 귀족 가문이라는 삼박자를 모두 갖춘 그녀는 국방부 장관을 자신의 저택으로 불러들여 남자친구인 마조르카-무프에게 장관 임명장과 장군 복장을 하사하게 한다. 뵐은 이런 발상으로 다시 한번 독자의 어이없는 웃음을 자아낸다. 한 나라의 안위를 책임지는 국방부장관이 사적인 공간에서 연방군 장군에게 임명장과 계급장을 수여하는 일은 있을 수 없으며, 이 장면이 비록 소설의 허구적인 장면이라할지라도, 뵐이 이런 장면으로 인하여 공격을 받을 것임은 자명한 일이다. 그럼에도 불구하고 뵐은 이 정도로 당시 독일의 나토 가입과 연방군 창설을 용납할 수 없는 일임을 독일 시민들에게 명백히 알리고자 했던 것이다. 이처럼 정재계를 움직이는 엄청난 수완과 능력을 가진 폰 차스터는 마조르카-무프를 감동시키고 그를 자신의 손안에 둔다.

하지만 날개를 달고 수도 본으로 화려하게 복귀한 나치장교 마조르카-무프는 이제 다른 생각을 한다. 사람이 늘 고기만 먹고 살 수 없듯이, 그는 품위 있게 빛나는 폰 차스터를 두고 자신의 옛 부하였던 헤프링의 아내를 탐한다. 그는 함께 전선을 누볐던 옛 부하를 불러 대화를 나누면서 군대에 대한 향수에 젖고 훈련에 대한 강한 욕망을 느낀다. 동시에 그는 부하의 아내와 "작은 모험을 시작할 수 있을 것"이라고 생각하며 이를 "낮은 계층과의 거친 에로틱으로 가끔 일어나는 식욕"이라고 대수롭지 않게 생각한다.

이때에도 뵐은 여기서 그치지 않고 마조르카-무프의 왜곡된 성욕망과 사유를 더욱 극단으로 몰아붙인다. 마조르카-무프는 아카데미에 "건강한 소녀들"로 이루어진 특별부를 두어 전쟁과 군대 기억으로 인하여 고통받고 있는 동료들에게 달콤한 휴식시간을 만들어주고자 한다. 그는 아카데미에 이른바 '위안부'를 설치하고자 한 것이다. 마조르카-무프의 모든 계획을 조건 없이 수용한 국방부장관은 이 계획만큼은 미루자고 제안한다. 그 이유는 가톨릭계의 국회의원들이 반대할 것이기 때문이다. 하지만 이는 의사결정이 다수결로 이루어지는 민주주의에서는 크게 염려할 바가 아니다. 집권여당 의원이 이미 의회의 과반수를 차지하고 있기 때문이다. 따라서 옛 나치로 현재 의회에서 활동하고 있는 마조르카-무프의 동료는 "의회의 과반수이상이 우리 편에 있는 민주주의가 독재보다 훨씬 낫다"고 평한다.

빌은 여기서 한 걸음 더 나아가 마조르카-무프가 엄격한 가톨릭 집안에서 성장한 가톨릭교도라고 말함으로써 그의 세 번째 모순을 보여준다. 즉 엄격한 가톨릭 집안에서 성장한 군인이 생명을 우습게 여기는 나치를 위해서 싸웠으며 전후에는 공공연하게 소녀들을 나치 장교들의 상흔 치유에 이용하려고 한다는 것이다. 이처럼 빌은 더 이상 할 수 없을 정도로 극단으로 몰아붙이면서 연방군 창설에의해 화려하게 복귀하는 나치 장교의 윤리의식의 부재를 풍자한다.

"교황청이 최초로 히틀러를 수용했다"(Böll 1979a : 273)고 도처에서 지적하고 힐책했던 빌은 이 짧은 소설에서도 독일의 가톨릭교회를 비판한다. 폰 차스터는 엄격한 신교 집안이다. 따라서 엄격한 가톨릭인 마조르카-무프의 집안과 폰 차스터의 집안은 융화될 수가 없다. 그러나 인니가 폰 차스터는 "우리 가족 중에서는 누구도 반대하는 사람이 없다"고 마조르카-무프를 다독인다.

또한 주교는 폰 차스터의 7번의 결혼이 가톨릭교회에서 가톨릭

의식으로 치러지지 않았기 때문에. 두 사람 사이에는 어떤 장애도 없다는 판단을 내린다. 그러니까 마조르카-무프의 경우에는 폰 차스터가 신교이기 때문에 오히려 도움이 되는 것이다. 이때에도 뵐은 또 한 번의 이 기발한 발상으로 독일의 가톨릭교회를 공격한다. 즉 폰 차스터 가문은 엄격한 신교이지만 가톨릭교도와의 결혼을 반대하지 않는다. 반면에 주교는 가톨릭교회에서의 결혼만을 주장하는 모습을 보여준다. 그럼으로써 뵐은 관대함이나 배려심이 부재한 가톨릭교회를 비판한다. 또 이로써 뵐은 구교와 신교의 융화를 주장하고 있다고 할 수 있다. 그는 『어느 어릿광대의 견해』와 『부대로부터의 이탈』 및 『가정평화파괴』 등의 작품을 통해 지속적으로 신교와 구교의 결합을 보여주기 때문이다.

이처럼 뵐은 짧은 몇 페이지의 이야기에 마조르카-무프라는 나치 장교를 주축으로 1950년대의 다양한 이야기를 씨실과 날실로 엮음으로써 1950년대 아데나워 정부의 실태*를 폭로한다. 뵐의 이런 기발한 발상과 풍자 능력에 독자는 실소를 터트리기도 하고 어이없어하면서도 1950년대 현실을 파악하게 된다.

---

* 나치였다가 전후 정계로 복귀한 인물 중 가장 악명 높은 경우는 한스 글롭케(Hans Globke)와 테오도르 오버랜더(Theodor Oberländer)이다. 글롭케는 1936년 히틀러의 뉘른베르크 인종법에 대한 주석을 집필했으며 전후에는 아데나워의 최측근이 되었다. 그는 총리실의 실장을 지냈으며 아데나워의 모든 여행에 동참했다. 뵐은 아데나워의 자서전 「기억 1945~1953」에 대한 서평에서 글롭케를 자문위원으로 두고 있는 아데나워를 공격했다.(Böll 1979b : 178) 오버랜더는 1939년 히틀러가 합병했던 지역으로부터 폴란드 국민들을 추방하라고 요구했으며 전후에는 아데나워 정부에 속했고 기독교민주연합의 일원이 되었다.

2) 연합군 창설이 두려운 국방군 병사

앞서 언급했듯이, 1961년 동독 시민들의 서독으로의 이주를 막기 위해서 베를린장벽이 세워지고 1962년 소련과 미국의 핵미사일 대립으로 동서냉전이 고조되는 것을 지켜본 뵐은 과거가 전혀 청산되지 않았는데, 평화를 유지한다는 명분으로 재무장하는 독일사회에 경각심을 불러일으키기 위해 1964년『부대로부터의 이탈』을 발표한다. 제2차 세계대전에 참전하여 인간의 잔인함과 야만성을 온몸으로 경험한 뵐은 잃어버린 삶과 살아남은 자의 고통을『부대로부터의 이탈』의 주인공 '나'(빌헬름 슈묄더)를 통해서 보여주며 부대 내에서 또는 조직 속에서 하수인 역할을 하지 말고 벗어나라고 촉구한다. 기존의 것과 기성적인 것으로부터 벗어나라고 외치고 있듯이 이 소설에서 뵐은 그 스스로 기존의 서술기법을 벗어나 새로운 시도를 한다. 익숙하고 능숙한 서술기법을 버리고 새로운 시도를 하는 것은 독자에게만 생소한 것이 아니라 작가 자신에게도 부담스럽고 두려운 일이다. 그래서인지 그는 '나'를 통해 이런저런 얘기를 하다가 느닷없이 소설이 다소 난해함을 독자에게 자각시킨다.

이야기가 이렇게 앞뒤로 왔다갔다 하는 것이 독자의 신경을 건드리지 않기를 바란다. 늦어도 7학년 학생이면 누구나 서술차원의 변화라는 것을 잘 알고 있다. 그것은 공장에서 교대를 하는 것과 다를 바가 없는 것이다.

1인칭 소설인 이 작품은 '나'의 이야기를 기승전결로 차분하게 진행해나가는 것이 아니라 여러 시간대와 장소를 넘나들면서 '나'의 삶 주변에서 일어나는 다양한 이야기들, 예컨대 스포츠 소식, 난방과 환기장치 회의, 미용사 대회 등 '내'가 사는 쾰른에서 일어나는 전혀 중요하지 않은 이야기들을 쉼 없이 쏟아 놓는다. 그럼으로써 '나'는 중요한 사실들을 슬쩍 숨겨버린다. 이에 따라 독자는 당황하고 혼란스러워하며 '내'가 제시한 자료들의 연계성을 찾기 위해서 노력한다.*

실은 이런 '사실'들을 나열하는 다큐식의 기법은 허구가 정치적으로 무용한 것으로 여겨지면서 1960년대 말에 유행했던 서술기법이다. 언급했듯이, '나'는 군대의 규정들, 전선에서의 삶, 음악이야기, 동물심리학자들의 회의, 토끼사육사협회의 행사, 이발사들의 국제회의 등 1938년과 1963년의 현재를 오가며 숱한 '사실'들을 나열한다. 하지만 '나'는 "몇몇 형식은 얘기해주겠지만 결코 (중요한—인용자) 내용을 말해주지는 않겠다"고 하며 "참을성 있는 독자"라면 핵심을 파악할 것이라고 대수롭지 않게 말한다. 이런 방식으로 '나'는 자신이 경험한 나치의 무지함과 그에 협조한 독일교회를 도처에서 은근히 비꼰다.**

---

*   에리히 엠리히는 이 작품을 애매하고 불투명한 기법으로 시큰둥하게 잡담하듯이 얘기하면서 독자들을 끌어들여 숨겨져 있는 것을 인식시키는 작품이라고 호평하였다.(Emrich 1985 : 222f. 참조)
** 소설에서 자주 언급되는 근무(Dienst)는 군복무뿐 아니라 예배(Gottesdienst)를 의미한다.

또한 '나'는 "오해를 막기 위해서 미리 언급해두면 이 작품은 반군사적이거나 군비축소를 지지하거나 군비 확장을 반대하는 작품"이 전혀 아니며, "보다 고차원적인 것, 즉 사랑과 무죄, 이 두 가지 문제"에 대한 것이라고 강조한다. 이어서 그는 두 문제에 따른 "상황이나 세부 항목을 말하기 위해서는 여러 조직이나 단체 및 제도 등을 언급하지 않을 수 없다"고 말하고 "그것은 내 잘못이 아니라 운명의 죄"라고 느닷없이 "운명"을 언급한다. 하지만 이로써 '나'는 자신이 죄가 있다면 출생지를 선택할 수 없었던 운명이 죄, 즉 독일에서 태어난 것이 죄임을 제시한다. 이런 뜬금없는 문장으로 '나'는 조직, 단체, 제도로 묶여 있는 독일인들은 "운명공동체"이며, 전쟁의 책임이 개인이 아니라 독일인 또는 독일이라는 "운명공동체"에 있다고 목소리를 높인다. 때문에 '나'는 제3제국의 노동전선에서 근무할 때, 대학생이었던 자신과 창녀에게 기생하여 돈을 얻어내는 형편없는 상사와 운명공동체였으며 그를 위해서 연애편지를 써주며 편히 지냈다고 자조한다. 뿐만 아니라 전선에서 전선으로 이동하는 것을 한 운명공동체에서 다른 운명공동체로 이동하는 일이었다고 빈정댄다. 이처럼 뵐이 소설의 도처에서 "운명공동체"를 강조한 이유는 한 설문조사에서 서독시민들의 32%만이 독일이 제2차 세계대전에 대한 책임이 있다고 생각했으며,(Grosser 1974 : 307 참조) 이미 1952년에 유대인 보상협정이 합의되었음에도 불구하고 "40명으로 이루어진 한 학급에서 단 한 명도 유대인학살에 대해서 알지 못했다"(Böll 1979a : 133)는 결과를 보고 충격을 받았기 때문이었다.

전선에서 총이 머리를 관통했던 후유증으로 1963년 현재도 제대로 몸을 가누지 못하고 "다리를 질질 끌고 손을 떠는" '나'는 1938년에 있었던 얘기를 한참을 하다가 "당시에 알고는 있었으나 현실적이라고 생각되지는 않았다"고 강조하면서 "제시된 자료들 — 이들은 진짜이다 — 을 (…중략…) 이용해서 자기 자신의 현실로 만드는 일은 독자 개인에게 맡긴다"고 독자를 각성시킨다. 하지만 나는 "결코 내용을 말해 주지는 않겠다"고 했듯이 또 다시 쾰른에서 일어나는 여러 국제적인 회의를 장황하게 늘어놓다가 시큰둥한 톤으로 "모든 아이들이 알고 있다고 해서 모든 어른들이 아는 것은 아니라"고 비웃으며 '핵의 시대'가 열렸다고 은근슬쩍 덧붙인다. 즉 1938년 9월 22일 베를린 다렘에 있는 빌헬름 황제 연구소에서 "새로운 형태의 핵반응이 발견되었고 (…중략…) 전 세계 핵물리학자들은 원자폭탄이 기술적으로 가능하다는 것을 알았으며" 이로써 "새로운 시대가 공표되었다"는 것이다.

이어서 '나'는 역시 같은 날인 "1938년 9월 22일 영국의 네빌 체임벌린 수상이 소위 말하는 주데텐 위기를 논의하기 위해서 바트 고데스베르크에 왔다"고 역사적인 사건을 또 한 번 언급한다. 이때도 '나'는 "거의 모든 아이들 뿐 아니라 젖먹이들까지 알고 있는 이 사실을 반복하는 이유는 오로지 어른들을 위해서"라고 조롱하듯

강조한다.

주데텐란트 위기란 1938년 9월 29일에 체결된 뮌헨협정에 대한 것이다. 1938년 3월 같은 민족이라는 논리로 오스트리아를 합병한 히틀러는 300만 명의 독일인들이 거주하고 있는 체코슬로바키아 주데텐란트의 병합을 노렸다. 하지만 독일의 군사력을 과대평가했던 유럽 열강들은 전쟁을 원치 않았다. 위기가 고조되자, 9월 15일 영국의 네빌 체임벌린 총리가 뮌헨을 방문하여 히틀러와 회담을 갖고, 9월 18일 프랑스의 양해를 구한 뒤 체코슬로바키아에게 독일계 지역를 포기하라고 압력을 넣기 시작했다. 결국 9월 21일 체코슬로바키아 정부는 그 지역을 포기하기로 결정했으며 이 책임을 지고 내각 전체가 사임했다. 그럼에도 불구하고 위기가 끝나지 않자, 9월 22일 체임벌린 총리는 히틀러가 좋아한 휴양지 중 하나인 바트 고데스베르크에서 히틀러를 다시 만나 체코슬로바키아의 영토 포기에 동의했다. 그러나 히틀러는 독일계 지역 뿐 아니라 주데텐란트 전체를 내놓고 국민투표에 붙이자며 더 까다로운 조건으로 더 큰 요구를 했다. 결국 9월 28일 이탈리아의 무솔리니가 끼어들어 중재를 하였다. 그것이 뮌헨협정이다. 협정은 체코슬로바키아를 배제한 채, 히틀러와 이탈리아의 무솔리니, 영국의 체임벌린 총리, 프랑스의 달라디어 총리 사이에서 맺어졌으며, 주데텐란트는 독일에 양도되었다. 이로써 체임벌린 총리는 평화적으로 전쟁을 막았다고 생각했으나 그것은 그의 착각이었다. 때문에 소설에서 '나'는 영국의 체임벌린 수상이 히틀러를 만나기 위해서 세 번씩이나 비행기를 타고 독일에 와서 "라인계곡"을 바라보며 "환한 미소"를 짓는 모습을 그의 "용감한 비행으로 인해서 생긴 미소"라고 비웃는다.

사실 주데텐란트 위기는 여기서 그치지 않았다. 약 6년 후 독일이 패망하자, 나치에 의해 살해와 수탈의 핍박을 당했던 체코인들이 주데텐란트에 거주하고 있는 독일인들을 모두 독일로 추방시켜버렸기 때문이다.

뿐 아니라 앞서 언급했던 핵무기를 미국은 결국 7년 후에 일본의 나가사키와 히로시마에 투하하였고, 인류는 그 폐해를 반세기가 넘은 지금까지 또 앞으로도 지속적으로 감당해야만 하는 처지에 놓여 있다.

요컨대 '나'는 1938년 9월 22일에 일어난 일들로 충분히 앞날을 예상할 수 있었음에도, 사람들은 안일하게 대처했고, 그 결과는 단순히 6년이 아니라 60년이 걸려도 회복될 수 없는 고통과 아픔을 남겼다고 강조하고 있는 것이다. 또 그렇기 때문에 당시의 후유증을 1963년 현재도 겪고 있는 나는 "보행자가 자동차를 경계하듯이" 재무장을 불안해하며 역사를 직시하자고 주장하고 있다고 할 수 있다.

정리하면 뵐은 『부대로부터의 이탈』을 통해 삶을 고통 속에서 겨우 연명하고 있는 수많은 빌헬름 슈묄더가 여전히 도처에 존재하고 있음을 보여주면서 "우리 세계의 파괴가 단지 몇 년 내에 치유될 수 있다고 여길 정도로 하찮은 것이 아니라는 것을 기억"(Böll 1979a : 35)해야 한다는 메시지를 전달하고 있다고 할 수 있다.

4. 무장강화를 절대적으로 거부하며 평화운동을 펼친 하인리히 뵐

레이드가 "뵐의 기본사유는 개인주의에 대한 옹호였다"(Reid 1991 : 101)고 말하듯이, 뵐은 개인을 억압하는 공적 권력을 강력히 비판하였다. 이런 그를 어떤 사람은 "아나키스트"(Böll 1985 : 126)라고 부르지만, 그는 기꺼이 이 칭호를 수용하면서 독일의 억압적인 제도, 그중에서도 군복무 의무와 같은 군사제도와 무장강화를 절대적으로 거부하였다. 때문에 그는 1955년 나토에 가입하고 1956년 재무장을 하며 연방군을 창설하는 아데나워 정부를 여러 글을 통해 공개적으로 심판하였다. 그는 작가의 사회적 역할과 사명을 명백히 파악하고 있었으며 문학의 사회적 파급력과 영향력을 정확히 인지하고 있었던 것이다.

위에서 고찰한 「수도저널」과 『부대로부터의 이탈』도 그의 이런 작가정신을 표출한 작품이다. 뵐은 풍자 단편소설 「수도저널」에서 전술과 전략의 부재로 많은 부하들을 희생시키고 그것을 목숨을 바쳐 싸웠다고 착각하는 나치 장교의 왜곡된 군인정신과 윤리의식 부재를 보여주며 민주사회로의 화려한 복귀를 풍자한다. 동시에 뵐은 군인이라는 직업을 유지하기 위해서 전쟁을 하는 것인가? 군인의 필요성을 인지시키기 위해서 전쟁을 하는 것인가? 아니면 국방을 지킴으로써 국민의 생명을 보호하기 위해서 전쟁을 하는 것인가를 심사숙고해보자고 권장한다.

동서독 분단 이후 미국과 소련을 중심으로 동서냉전이 더욱 고조되고 핵무기 논의가 지속되자, 뵐은 1960년대에는 아예 『부대로부터의 이탈』을 외친다. 그는 이 소설에서 "도시의 상공 위로 비행기가 나타나면 (…중략…) 발작을 일으키며" 전쟁 트라우마에 시달리는 '나'를 통해 군복무의 거부를 보여준다. 동시에 이미 1938년 9월 22일에 핵이라는 새로운 무기의 실행이 목전에 있었고 주데텐란트 위기 때 히틀러의 전쟁 야욕을 꿰뚫어볼 수 있었음에도 불구하고, "햇빛이 반짝이는 라인계곡"처럼 환한 햇살의 평화가 지속될 것처럼 만면에 미소를 띤 정치가들의 오판과 그 뒤에 숨겨진 위험성을 폭로한다.

이처럼 여러 에세이와 소설을 통해 재무장과 무장강화를 거부했던 뵐은 1960년대 후반부터는 거리로 나가 평화운동의 연사가 되었다. 1965년부터 나토와 독일연방군의 수장들이 서독시민들에 대한 핵무기 위협을 최소화하기 위한 수단으로써 구동독과의 경계를 따라서 핵무기 설치를 준비했기 때문이다. 뵐이 연사로 참여했던 가장 큰 평화운동은 1979년부터 1983년까지 있었던 시위이다. 소련이 1977년부터 신형 핵탄두 중거리 미사일을 동유럽에

배치하자, 1979년 12월 나토국가의 국방 및 외교부 장관들은 브뤼셀에서 이중 결의를 하였다. 즉 한편으로는 신무기 제거를 위해서 소련과 대화를 나누면서, 다른 한편으로는 서독에 퍼싱 II 중거리미사일과 크루즈 미사일을 배치하자는 것이었다. 이때 핵무장을 반대하며 30만 명 이상의 시민들이 거리로 나왔으며 1983년 10월에는 50만 명이 집결했다. 뵐은 녹색당의 회원들과 함께 이 대규모 시위에 참여했으며 이 시위의 연사가 되었다. 이 시위가 독일의 평화운동 역사에서 가장 큰 규모였다. 또한 그는 퍼싱 II 미사일이 배치되기로 합의된 바덴뷔르템베르크 주의 무트랑엔을 귄터 그라스, 오스카 라퐁텐, 페트라 켈리, 게르트 바스티안 등과 함께 방문하여 미사일 배치를 막고자 하였다. 시민들의 대규모 평화운동에도 불구하고 1983년 무트랑엔에 퍼싱 II 미사일은 설치되었다.* 하지만 뵐은 계속하여 평화운동을 펼쳤고 1984년 3월에는 귄터 그라스를 비롯한 몇 명의 작가들과 연방군 장교들과 '군인은 언제 명령을 거부할 수 있는가?'에 대해서 토론을 하였다. 이때 귄터 그라스는 핵무기의 비용으로 기존의 무기를 강화하는데 사용하자고 하는 반면 뵐은 어떤 형태의 무장강화도 안 된다는 입장이었다. 즉 뵐의 무장강화 반대는 무조건적인 것이었다. 이처럼 뵐은 인간성을 말살하거나 인간을 위협하는 무장강화를 용납하지 않았으며

---

* 이후 1990년 퍼싱 II는 제거되었다.

생의 마지막까지 평화운동을 펼쳤다. 요컨대 공권력에 대한 저항을 "삶의 요소"(Böll 1987 : 124)로 여겼던 작가 뵐은 이 세계를 살만한 세상 또는 인간성이 살아있는 곳으로 만들기 위해서 사망 직전까지 권력에 저항하며 평화운동을 펼쳤던 것이다.

필자는 핵과 분단이라는 '불안한 평화'를 해결하고 영구적인 평화를 가져오기 위해서 애쓰고 있는 우리나라의 상황을 보면서 유사한 상황에 있었던 독일과 그곳을 넘어서 세계의 '온전한 평화'를 위해서 평생을 바쳤던 하인리히 뵐을 떠올렸고 그의 정신이 널리 퍼져나가기를 바라는 마음에서 이글을 집필하였다.

참고문헌

사지원, 「문학적 기념비로서 하인리히 뷜의 『부대로부터의 이탈』」, 『헤세연구』 28, 한국 해세학회, 2012.

_____, 「하인리히 뷜의 무르케 박사의 침묵수집에 나타난 종교와 양심의 문제」, 『독일언 어문학』 74, 한국독일인어문학회, 2016.

Böll, Heinrich, *Aufsätze, Kritiken, Reden*, Köln, 1967.

_____, *Im Gespräch : Heinrich Böll mit Heinz Ludwig Arnold*, München, 1971.

_____, "Drei Tage im März", *Ein Gespräch zwischen Heinrich Böll und Christian Linder*, Köln, 1975.

_____, *Qerschnitte*, Köln, 1977.

_____, *Interviews* 1 : 1961~1978, Köln, 1978.

_____, *Essayistische Schriften und Reden* 1~2, Köln, 1979a~b.

_____, *Werke. Romane und Erzählungen I~IV, Frankfurt a. Main/Wien*, 1987a~d.

_____, *Feinbild und Frieden*, München, 1987.

_____, *Essayistische Schriften und Reden* 3, Köln, 1980.

_____, "Ich bin ein Anarchist", *Stern* 31, 1985.

Emrich, Wilhelm, "Selbstkritisches Erzählen : Entferung von der Truppe", *Reich-Ranicki*(1985) In Sachen Böll, *Ansichten und Einsichten*.

Friedrichsmeyer, Erhard, *Die satirische Kurzprosa Heinrich Bölls*, Chapel Hill : The University of North Carolina Press, 1981.

Grosser, Alfred, *Geschichte Deutschland seit 1945*, München, 1974.

Schmidt, Helmut, "Eine Sternstunde des Parlaments 30.Mai.1968", *DIE ZEIT* 17, 2009.

Raddatz, Fritz J., "Staatstreue : Untertanengeist oder Mut zur Kritik", *Heinrich Böll u. a.(Hg.) : Briefe zur Verteidigung der bürgerlichen Freiheit*, Reinbek, 1978.

Reid, R. H., *Heinrich Böll*, München, 1991.

Sowinski, Berhard · Wolf Egmar Schneidewind, *Heinrich Böll. Satirsche Erzählungen*, München, 1986.

Tempel, Jutta, "Entfernung von der Wehrmacht. Deserteure und Wehrpflichtige Regimege-

gner" Nachkriegsliteratur von Autoren der Gruppe 47, *Forschungsarbeit*, München,

2011.

하인리히 뵐과 평화정신

정인모

1. 세계적인 작가, 하인리히 뵐

주지하다시피 하인리히 뵐은 독일 쾰른에서 태어나 쾰른 근교에서 생을 마감한 명실상부한 쾰른 시민이라 할 수 있다. 하지만 독일 전후 작가로 알려진 그가 쾰른에서 태어나 활동하다 죽었기 때문에 쾰른 지방 작가, 혹은 독일 작가라는 범주로만 제한시킬 수는 없을 것이다. 물론 뵐에 대해 비판적인 태도를 취한 비평가들은 그를 작가라기보다는 도덕주의자, 세계적 작가라기보다는 라인란트 혹은 쾰른의 지방작가 쯤으로 폄하한 경향이 없지는 않았지만 말이다.

약 10여 년 전 '하인리히 뵐 슈티프퉁(재단)Heinrich Böll Stiftung'이 쾰른에서 베를린으로 옮겨간 것도, 뵐이 더 이상 지역, 혹은 지방 작가가 아니라 전 세계적 국제 작가임을 알리는 상징적 의미를 갖는다. 그래서 뵐은 현재 쾰른이라는 지역성을 넘어서서 국제적인 관심과 호응을 받게 된 명실상부한 세계적 작가이다. 동시에 그가 "살만한 나라"에서 "살만한 언어"로 "인간이 인간답게 살 수 있는" 평화로운 세상을 지향하고 있음을 알 수 있다.

이글의 목적은 하인리히 뵐이 독일 외의 다른 여러 나라에 어떠한 영향력을 가지며 그가 가진 평화의 신념을 어떻게 실현하는가를 국제관계 관점에서 살펴보는데 있다. 이러한 영향관계 연구는 뵐 연구의 새로운 분야이다. 왜냐하면 종전의 뵐에 관한 연구는 국내외 할 것 없이 거의 이러한 국제적 영향관계를 규명하는 연구가 극히 부족했기 때문이다.

이처럼 뵐은 독일 외의 유럽지역, 특히 동유럽에서 인기가 많았으며, 러시아(러시아에서도 뵐은 일찍이 소개되었으며, 1974년 뵐이 솔제니친을 위한 구명운동을 벌이기까지만 해도 뵐은 러시아에서 인기가 높았다), 아일랜드 등에까지 그 명성을 넓혀나갔다.

여기서는 또한 뵐의 국제관계적 특징을 그의 작품에 나타난 외국인 상像을 통해 알아보고, 타국에서의 뵐 작품의 국제적 수용과 영향이 어떠한가를 살펴볼 것이다.

2. 뵐 작품에 나타난 세계평화주의

하인리히 뵐을 국제관계 입장에서 세계주의적cosmopolitisch 작가로 볼 수 있는 것이, 그의 작품이 세계동포주의적 성향을 보여주기 때문인데, 이는 결국 뵐이 세계적 평화를 지향하고 있음을 알게 한다. 뵐에게서 국적, 혹은 이데올로기는 의미가 없다. 오히려 독일이라는 국적 강조는 '인간적인 것'에 반대되는 부정적 개념으로 작용한다.

따라서 뵐 작품의 주인공의 연인은 독일인이 아닌 이방인으로 설정된 경우도 많다. 이를테면 『열차 시간은 정확하였다』의 올리나는 폴란드 여인이며, 『아담, 너 어디 있었니?』의 일로나는 유대인으로 헝가리 여교사이다. 『열차 시간은 정확하였다』의 올리나는 독일군에게서 정보를 캐낼 목적으로 창녀가 되어 폴란드 저항운동에 참여한다. 그녀는 주인공 안드레아스가 한 순간이라도 평안함을 느끼게 해주며, 그래서 안드레아스는 '영웅'이나 '조국' 같은 개념들은 의미 없는 것으로 받아들인다. 『아담, 너 어디 있었니?』에서도 뵐은 일로나를 주인공 필스카이트보다 미적 감각이나 음악성이 뛰어난 인물로 그림으로써 유대인의 승리를 간접적으로 보여주고 있다. 일로나는 파인할스의 애인으로 부상병으로 전장 주위를 불안하게 헤맬 수밖에 없는 그에게 큰 위로가 된다.

위의 두 소설에서 뿐 아니라 뵐의 단편에도 독일 국적을 의문시하는 작품들이 많다. 대표적인 예로 1995년에 뒤늦게 발표된 뵐의 유고 단편집 『창백한 개』에 실린 「파리에서 붙들리다」를 들 수 있다. 이 작품은 주인공 라인하르트라는 독일 병사와 그를 위기에서 가까스로 구해준 프랑스 여인과의 국적을 초월한 애틋한 사랑을 보여주고 있다. 전쟁이 막 끝나갈 무렵, 귀향 시기가 임박하여 사랑하는 아내와 재회할 것을 꿈꾸던 그는 느닷없는 연합군의 역공에 밀려 한 프랑스 여자 집에 숨어들게 된다. 남편을 여의고 혼자 살고 있는 그녀는 급작스레 피신한 라인하르트를 자기 남편이라 속이고 구해준다. 결국 라인하르트는 '붙잡혀' 그녀와 사랑을 나누게 된다.

그녀는 라인하르트를 독일인이 아니라 한 '인간'으로 본다. 이것은 라인하르트에게도 마찬가지이다. "내가 미국 놈을 피해 도망 온 것도 아니고 독일 놈을 피해 도망 온 것도 아닙니다. 부인, 다만 전쟁이 싫어서죠"(Böll 1995 : 71)라는 라인하르트의 고백도 독일인이라는 국적보다는 자연인으로서의 한 인간이 더 중요함을 보여주고 있다. 그래서 그녀는 부상당한 적군이 그 집에 피신해 들어왔을 때도 정성스럽게 응급처치를 해 주는 것이다. 이것은 "어떤 계급규정에도 자유로운"(Lehnardt 1984 : 15) "교조적으로 어떤 이데올로기에도 얽매이지 않는"(Rajewsky · Riesenberg 1987 : 396) 뵐의 작가정신을 반영하고 있다고 할 수 있다. 이러한 국적초월의 휴머니즘은 이 작품의 끝부분 프랑스 여인의 위로의 말에서 잘 드러난다.

'슬퍼하지 마세요. 우리를 사랑하는 세 분, 하나님과 당신 부인 그리고 내 남편이 아마 우리를 용서하실 거예요. (…중략…)' 그리고 그녀는 그의 이마에 재빨리 가볍게 키스했다.

—Böll 1995 : 80

『여인과 군상』에서는 러시아인인 보리스가 주인공 레니의 연인으로 등장한다. 레니의 국적 초월의 사랑, 혹은 무정부적 저항은 당시 가장 멸시받던 소련인 전쟁포로 보리스와의 애정행위를 통해 나타난다. 그녀는 폭격 가운데서도 보리스와 비닐하우스 뒤에서나 방공호에서 사랑을 나눈다. 보리스의 아버지는 첩보원으로 활동하다 비참한 죽음을 맞이하는데, 어릴 때부터 보리스는 할례를 한 흔적으로 유태인으로 몰려 어려움을 당하기도 한다. 힘든 상황에서 독일보초병이 화환제조하는 곳으로 보리스를 데리고 오는 바람에 레니는 그를 만나게 된다. 그룬취의 증언에 따르면, 보리스를 안지 불과 1시간 만에 그녀는 보리스에게 커피 한 잔을 타 준다. 이에 질투한 나치주의자 크렘프가 보리스의 손을 쳐서 커피를 쏟게 하지만, 레니는 아무 말 없이 커피를 다시 타서 보리스에게 주었던 것이다.

그녀가 무엇을 했지요? 주위에 널려있는 이탄 쓰레기 때문에 살짝 떨어져서 깨어지지 않은 찻잔을 집어 들고 수도꼭지에 가서 조심스럽게 씻었습니다. 그녀가 조심스럽게 씻는 것이 도발적이었습니다. (…중략…) 그녀는 그것을 깨끗한 세수수건으로 조심스럽게 닦아 말리고 커피 주전자가 있는 쪽으로 가서 두 번째 커피 잔에 커피를 붓고서는 그것을 그 러시아인에게 여유만만하게 갖다 주었습니다. 크렘프를 거들떠보지도 않고 말입니다. 말을 전혀 하지 않았던 것도 아닙니다. '자 드십시오'라는 따뜻한 말까지 곁들여서 말입니다.

—Böll 1981 : 173~174

이 '한잔의 커피타임'의 '용감한 행동'(Böll 1981 : 176)은 보리스
를 비로소 '인간이 되게 한, 인간으로 밝힌'(Böll 1981 : 176) 중요한
장면이다. '환상적인 조직적 감각'(Böll 1981 : 180)을 지닌 보리스는
외국인이라는 이유만으로 배척당하지만 레니는 사회의 편견이나
선입관에 아랑곳없이 모든 인간을 '순수하고 소박한 인간성'(Böll
1981 : 175)을 가지고서 대하는 것이다. 레니의 이러한 태도에 보리
스는 놀라울 정도로 담담하게 반응한다.

이제, 그는 커피를 들고 똑똑하게 큰 소리로 완벽한 독일어를 말한
다. '감사해요, 부인' ── 그리고 나서 커피를 마시기 시작했다.

—Böll 1981 : 174

레니가 작품 말미에 메메트라는 터키 노동자와 결혼하여 아이
를 갖는 것도 한 인간 개인을 규정하려는 어떤 고정관념으로부터
탈피하려는 시도이며, 이에는 인간 서로가 조건 없이 결합하고자
하는 뵐의 휴머니즘이 엿보인다. 이것은 쿠르츠의 말대로 '삶을 있
는 그대로 받아들이고 어떤 이데올로기도 깨뜨리려는 뵐적인 도
전과 자유 및 평화의 정신을 나타내고 있는'(Kurz 1974 : 56) 것이다.

이처럼 뵐 작품에는 이방인, 혹은 외국인들이 긍정적으로 묘사된다. 그들은 주인공들의 국외자의 입장을 더 강화해 주거나, 오히려 반 국적, 혹은 국적 초월의 태도를 통해 '인간'의 면모를 강조하고 있는 것이다.

그러면 이제 뵐이 국제적으로 어떤 영향관계를 지니고 있는지를 그의 작품 생성과 관련하여 살펴보자.

3. 다른 나라와의 영향관계

1) 미국

하인리히 뵐에 대한 미국에서의 관심은 일찍이 있어 왔다. 현재 쾰른에 있는 '하인리히 뵐-문집소Heinrich Böll-Archiv'가 1979년까지 보스톤에 있었다는 것만 보아도 뵐의 미국과의 관계를 가늠할 수 있다. 그 외에도 발터 칠트너의 논문 「미국에서의 하인리히 뵐과 귄터 그라스. 수용의 경향」 등 뵐에 관한 많은 논문은 미국에서의 뵐에 대한 관심을 알 수 있게 한다.

사실 뵐은 영미문학에 대한 관심이 많았다. 이에는 그의 아내 안네마리 뵐의 영향이 컸다. 영문학을 전공한 그녀는 뵐과 함께 많은 영미 작품을 독일어로 번역하기 시작한다. 그런데 안네마리의 번역 작업은 이미 오래전에 계획된 일이었다. 뵐이 42년 안네마리에게 보낸 편지에 이것이 이미 나타나 있다. 뵐은 여기서 "당신의 번역 작업이 나에게 큰 기쁨이 된다"(Kühn 2000 : 98)고 하면서 그녀를 적극 격려한다.

뵐 부부의 첫 번째 번역 작품으로 53년 캐이 시슬리스의 『거리의 무명인無名人』을 낸다. 이어 1990년 펄시 트레지즈와 디크 러프시의 『거인 트라뮬리』에 이르기까지 모두 72편의 번역 작품을 내놓았다. 뵐 부부의 공동번역이라고 하지만 대부분의 실제 번역 작업은 안네마리의 몫이었다. 하인리히 뵐은 비취가 과도한 번역 업무를 경고하자 56년 6월 30일 편지에 다음과 같이 말한다.

내가 생각하건데 번역 작업에 관해 말하자면 당신은 잘못 알고 있다네. 솔직히 말하자면 번역은 엄청난 문체연습이고 다른 작가의 세계와 형상물에 개입해야 하는 어떤 특별한 작업이지. 그것은 본연의 작업에 전혀 방해되지 않는다네. (…중략…) 가히 양적으로 살인 작업이라 할 만하지. 하지만 실제 내 부인이 이 작업의 90%를 담당한다네.

— Böll · Schäfer 1997 : 362

그중 당시 세인들의 관심을 끌었던 샐린저의 컬트소설 『호밀밭의 파수꾼』은 뵐에게 '영향력 있는 번역'이었다. 이 번역 작업은 또한 뵐의 중기 대표작 『어릿광대의 고백』의 생성에 절대적 영향을 미친다. 즉 이 소설은 작가외적으로 미국의 소설가 샐린저의 작품

『호밀밭의 파수꾼』의 영향을 받고 있는데, 이 소설의 주인공 코필드로부터 『어릿광대의 고백』의 주인공 한스 슈니어를 탄생시켰다. 1954년에 뵐이 샐린저의 『호밀밭의 파수꾼』을 직접 번역한 것이 『어릿광대의 고백』 생성 동인이 되었던 것이다. 뵐 자신도 두르작과의 인터뷰에서 자기 소설이 샐린저의 『호밀밭의 파수꾼』의 영향을 받았다고 인터뷰에서 말한다.

> 샐린저는 나에게 매우 큰 의미를 갖고 있다. 심지어 자유롭게 하는 영향력을 지닌다. (…중략…) 비교는 시종일관 근거가 있는데, 영향이 분명하다. 단지 나는 독일인이고, 그는 미국인이라는 것이다.
>
> ― Durzak 1979 : 145

계속해서 뵐은 두르작과의 이 대화에서 다음과 같이 밝힌다. 물론 뵐의 작품 말미에는 슈니어가 계단에서 구걸하는 장면이 나타나 미래의 삶이 열려 있지만 주제면에서 이 두 작품이 공통점을 지닌 것이, 이 두 소설의 주인공들은 서로 정신적인 공감대를 형성하고 있다는 것이다. 그들은 병약한 정신과 섬세한 감성, 그리고 분을 참지 못하는 사회의 희생자, 즉 국외자, 바보의 역할을 할 수밖에 없는 자로 등장한다. 한스 슈니어와 코필드는 둘 다 예민하여 감수성과 연약한 영혼을 지닌 다혈질의 수동적 반항자이며, 또한 이들은 진리의 옹호를 위하여 가혹한 비판을 서슴지 않음으로써 사회의 아웃사이더로 희생되고 있는 것이다.(Uhlig 1982 : 33) 이처럼 샐린저는 뷜에게 특별한 작가였으며, '해방행위Befreiungsakt'(Kühn 2000 : 147)에 자극을 주었다.

2) 체코

뷜은 체코와도 오랜 관련을 맺고 있다. 무엇보다 뷜의 부인 안네마리가 체코 보헤미아 출신으로 1910년 6월 23일 필젠에서 태어났기 때문에 뷜은 체코와의 연을 일찍 맺게 된다. 따라서 체코에서는 하인리히 뷜에 대한 관심도 높았다. 1968년 러시아 군대가 체코를 밀고 들어갔을 때의 장면을 뷜은 실제로 목격하였고, 그의 수필「전차카 카프카를 겨냥하였다」로 체코 국민들에게 평화주의적 비폭력 저항의 인상을 깊이 심어준다. 60년대부터 뷜은 체코 작가연맹과 교류가 있었고 체코를 옹호한 발언과 글은 체코 작가들에게 많은 힘이 되었다.

뷜은 일찌감치 안네마리에 의해 체코문학에 관심을 가지게 되었다. 특히 뷜은 두 명의 체코 작가, 즉 넴코바와 하젝에 관심이 많았다. 넴코바가 쓴『할머니』는 뷜이 가장 좋아한 책 중 하나였으며 (Munzar 2002 : 395) 하젝의『슈웨크』는 반군국주의적 가족 전통의 역할로써 뷜에게 자주 언급되고 있다.(Munzar 2002 : 396)

뷜의 대표적 단편이라 할 수 있는「발렉 가家의 저울」도 체코의 보헤미아를 배경으로 하는 작품이다. 이 작품으로 뷜은 1952년

'남독방송국 응모 작품상'을 받았고, 이후 이 작품은 학교 교과서에 실리기도 한다.

이 작품은 특히 뷜의 아내 안네마리의 영향이 보인다. 그녀는 아비투어 시험을 치른 후 비로소 다시 보헤미아 고향을 방문한다. 그곳에서 그녀는 유치원을 운영하고 있던 고모 루드밀라와 보헤미아 산지를 다니며 나물과 버섯을 많이 따기도 하는데, 이 체험은 이후 하인리히 뷜의 단편 「발렉 가의 저울」에 잘 나타나고 있다. 시종일관 보헤미아의 산지 풍경이 작품 전체에 깔려 있다. 작품의 마지막 부분을 살펴보자.

그리고 아이들은 다시 버섯을 따고, 티미유와 꽃, 디기탈리스를 수집했다. 하지만 일요일마다 발렉 가의 사람들이 교회에 들어갈 때면 '주여, 이 땅의 정의가 당신을 죽였나이다'라는 노래 소리가 들려, 마침내 구청장이 모든 마을에 이 노래를 못 부르도록 공표했다.

— Böll 1981 : 94

이 단편은 1900년경의 보헤미아 사회문제를 12세의 어린 아이 시각에서 간단명료하게 드러내고 있다. 이 작품은 앞서 말한 그대로 분위기나 디테일의 많은 부분들이 체코 출신 안네마리가 그에게 전해준 것이다. 이에 감사의 표시로 이 작품에 '체히 가家'라는 가족 명을 사용하고 있다. 이 단편은 뷜의 다른 작품과는 달리 그

의 체험 시대를 벗어난 유일한 작품이다.(Sowinski 1988 : 93)

빌의 아들 르네도 "어린시절 쾰른의 폐허 속에서 자란 우리들에게 보헤미아의 숲은 도달할 수 없는 과거로부터의 목가였으며 이에는 어머니의 역할이 컸다"고 술회하고 있다.(Böll 1994 : 108 재인용) 또 르네는 자기 가족의 일부가 체코이며 안네마리의 이야기 속에는 항상 보헤미아의 목가적인 숲이 숨 쉬고 있다고 말한다.(Munzar 1992 : 98) 이처럼 빌은 체코에 대해 평화스런 '고향'의 느낌을 가지고 있었던 것이다.

3) 한국

빌의 한국과의 영향관계는 그동안 빌이 썼던 2개의 한국에 관한 글에서 알 수 있다. 그 하나는 한국 작가 리차드 김(김은국)의 소설 『순교자』에 대한 서평으로 「한국전쟁에서의 기독교인」을 빌이 썼다는 것이고, 또 다른 하나는 한국의 민주저항 작가 김지하에 대한 일종의 탄원서라 할 수 있는 「김지하에 대한 염려-구속된 한국 문인을 위한 호소문」이라는 글이다. 위의 두 글은 한국에 대한 빌의 관심을 단적으로 보여준다고 볼 수 있고, 특히 『순교자』에 대한 빌의 서평은, 초기 빌의 작품에 잘 나타나듯, 실존주의적 영향을 지니고 있음을 알 수 있다.

1960년대 미국에서 인기 작품으로 주목받던 김은국의 『순교자』에 대한 빌의 서평은 「한국전쟁에서의 기독교인」이라는 제목으로

1965년에 나왔고, 70년대 저항 작가 김지하에 대한 에세이 「김지하에 대한 염려」가 1972년에 나왔다. 참여작가로서 문학을 통한 사회적 도덕성과 정의의 회복을 시도했고 국제 펜클럽 회장을 지낸 뵐이 한국의 저항시인 김지하의 구명운동을 위해 글을 썼다는 것은 가볍게 넘겨 볼 사항은 아니다. 뵐은 김지하에 대해 이렇게 말한다.

그의 시나 풍자, 산문을 들여다보기만 하는 사람은 정말 여기에 문학과 격렬한 참여가 서로 대립되지 않는, 작품에 재능을 보이는 특별한 작가가 여기 있다는 것을 알 수 있을 것이다.

— Böll 1980 : 398

뵐은 김지하를 또한 "파멸하여 절뚝거리며, 제2선에서 지나치게 고통당하는 교회가 살아남을 수 있는 하나의 길을 제시한 사람 중한 명"이라고 하면서 "첫째도 김지하, 둘째도 김지하, 셋째도 모든 이름을 걸고 김지하"라고 구명운동을 편다. 아울러 김지하에게서 '조정하는 사랑의 힘'이, 한국에는 그가 가진 '힘찬 목소리'가 필요하다고 뵐은 말했다.(Böll 1980 : 399)

한편 김은국에 대한 뵐의 서평은 어떻게 보면 의외이다. 왜냐하면 이 작품 서평을 쓰게 된 동기는 우연에 의해서이기 때문이다.

뵐의 친구이자 작가인 칼 아메리는 김은국의 『순교자』에 대해 뷜이 서평을 쓰기 1년 전 이미 「평양의 종」이라는 수필을 발표한 적이 있다. 이것은 죌너의 독어 번역본 *Märtyrer* 말미에 붙어있는 15페이지 정도 되는 글로서, 한국의 문제를 독일 자국의 문제와의 연관성을 의식하고 독일과 유사한 분단국가로 한국을 인식하고 있음을 알 수 있다.

이처럼 아메리와의 영향을 서로 주고받은 뷜은 아메리의 후기가 실린『순교자』의 독일어 번역본을 읽고 나서 이에 대해 관심을 가져 결국 자신이 서평을 썼을 것으로 생각할 수 있다. 하지만 뷜이 이 작품에 대한 서평을 집필한 것은 전혀 다른 동기에서 비롯되었다. 뷜의 서평은 원래 1964년부터 안나 제거스의『통과』를 필두로 쓴 세 번째 기고문으로『슈피겔』지(제17호, 1965.4.21)에 실렸다. 그 이전 뮌헨의 데쉬 출판사에서 나온『그 후 20년』이라는 다큐멘터리 책자를 롤프 베커가 보여주면서 김은국『순교자』에 대한 서평을 쓰라고 뷜에게 권하게 되었고, 1965년 서평을 위한 독일어 번역본을 손에 쥐게 됨으로써 이 글이 생성되었다.(Killy 1988 : 129)

하지만 뷜과 김은국, 이 두 작가의 이력을 면밀히 살펴볼 때 서로의 유사성 또한 발견할 수 있다. 김은국과 뷜은 각각 일제와 나치의 파시즘 체제에서 성장하였고, 한국전쟁과 제2차 세계대전에 참전하였지만 그들은 이러한 체험을 바탕으로 전쟁에 관한 소설을 썼으며, 또 이러한 전쟁 체험이 평화에 대한 작가의 실존 인식과 맥을 같이 한다고 볼 수 있다.

4) 아일랜드

(1) '정신적 고향'

앞서 살핀 대로 뵐의 국제적 영향은 많은 나라에 미치고 있지만 뵐이 직접 방문한 적이 있는 아일랜드와의 관계는 특별하다. 실지로 아일랜드에 대한 언급은 뵐의 여러 작품 및 다양한 장르에서 아일랜드가 산발적으로 언급되고 있다. 아일랜드에 대해 뵐의 최초 경험은 「독일 회상」에서 뵐 자신이 8세 때 아일랜드 소녀를 만났다는 언급에서 찾아볼 수 있다. 그리고 1941년 안네마리에게 보내는 편지에 아일랜드를 제목으로 하는 시가 있다. 여기서는 아일랜드의 아이나 여자뿐 아니라 남자들도 상당히 종교적임을 알 수 있으며, 일종의 "정신적 고향"(Holfter 2005 : 15)을 아일랜드에서 발견한 것처럼 보인다. 그 이후 아일랜드 작가 프랑수어 스튜어트와 그 외의 아일랜드 작가들에 대해 언급하면서 아일랜드의 본질은 "겸손하고, 사랑스러우며, 경건하지만 수 세기 동안 내려온 가난 때문에 답답하다"고 하였다.(Holfter 2005 : 17)

뵐은 몇 개의 기행문을 썼다. 가장 먼저 쓴 것이 1945년 이후 처음으로 베를린을 여행한 인상을 17개의 장에 그린 「섬 방문」이다. 여기서는 서독과 동독의 관계가 묘사된다.

두 번째가 『아일랜드 일기』인데 가장 두껍고 잘 알려진 여행보고서이다. 이것은 총 18개장으로 되어 있고, 도착과 출발 사이에서 아일랜드 땅과 사람들을 이야기하며 동시에 아일랜드의 정신성,

도시, 마을, 아이들이 풍부함, 외국 이주문제, 미래의 전망, 교회관계, 외딴 마을, 히틀러와 전쟁에 관한 혼란스런 마음 등을 재미있는 많은 에피소드를 통해 기술하고 있다. 여기서는 낭만화한 아일랜드가 독일과 특별한 대조를 이룬다. 독일에서는 찾아볼 수 없어 그리워하는 정신성이 지배하고 있다. 이것은 전통적인 유럽 여행 소설이라기보다 오히려 단편이나, 극단편의 성격을 띤다. 따라서 아일랜드에 대한 수기는 뵐의 주관적 글쓰기로 되어 있고 약간은 목가적 성격을 벗어나지 못한다.

이외에도 약간은 혼란스런 제목인 「폴란드 가로질러 여행하기」가 있다. 제목이 혼란스런 이유는 여기에는 단지 독일과 폴란드의 국경 도시 프랑크푸르트 오더와 바르샤바의 체류 얘기만 있기 때문이다. 이 책에는 다른 여행서와는 달리 이데올로기에 대한 거부가 확실히 드러나 있다. "이념은 피스톨보다 더 끔찍하다."

「루르 지방에서」는 루르지방의 사람들과 작업환경 등을 그리고 있는데, 여기서 뵐이 긍정적 발전을 생각할 수 없는, 루르지방의 일면만을 조명하고 있다는 비판을 받는다.(Sowinski 1993 : 115) 그 이후에 나온 「노르트라인-베스트팔렌」도 이와 유사하다. 도시 묘사는 역사적 에세이와 유사한 면을 보인다. 『로마를 처음 보았을 때』는 '처음'이라는 느낌보다 몇 번 경험한 로마를 보여주는 듯한 인상을 준다.

두 번째 기행문 『아일랜드 일기』의 평가는 대체로 긍정적이었다.

특히 알프레트 안더쉬는 뵐만큼 아일랜드나 아일랜드 인의 형상에 강한 영향을 미친 사람은 없다고 말하면서,(Warner 1973; Holfter 2005 : 20 재인용) 에리히 뢰스트는 뵐의 아일랜드 기술을 자신의 아일랜드 여행기와 서로 견주고 있다.(Loest 1985; Holfter 2005 : 20 재인용) 『아일랜드 일기』에 대해 영국인 뵐 연구가 라이트는 사회정치적 성찰에 있어서의 뵐의 사회학적 무지를 지적하고 있다.

> 뵐의 아일랜드 사회 분석은 특별히 확고하게 되어 있지도 않고 정치적 통찰도 부족하다. 자신의 나라에 대한 입장에서만 그것이 큰 의미를 가진다.
>
> ― Reid 1991 : 155

1950년대의 뵐의 아일랜드 묘사 10년이 지난 후 미국에서는 세 명의 비평가의 서평이 따랐는데, 그중 브라이언의 혹평은 나머지 두 사람의 호의적인 서평과는 완전히 다르다. 그는 여기서 '맹목적 신앙과 이 나라의 빈곤과 관련 있는, 피임에 대한 교회의 가르침이, 수천 개의 아일랜드 가정에 아직 말해지지 않는 비참함이 이 문학 작가에게는 어떤 것도 의미하지 않는다'고 혹평한다.(Ley 1992 : 267) 뵐의 작품에서는 『보호자 없는 집』의 렌이 아일랜드 사람으로 등장한다. 알베르트라는 남편을 여읜 미망인인 그녀는 아일랜드 인의 상을 잘 대변해 주고 있다. 이것은 이 작품에 등장하는 게젤러와 슈르비겔의 사이비 문화세계, 그리고 홀츠테게 할머니의 금전 세계와 대립되는 것으로서 어떤 이상향이 목가적 형식으로 그려진다. 계급 없는 아일랜드에서 이 모범된 국가상을 찾고 있는 것이다. 이 소설 속에서 아일랜드를 연상할 수 있는 것은 아일랜드 여자와 결혼한 알베르트의 과거 이야기에서 알 수 있다.

아일랜드 언급을 통해 뵐은 어쨌든 독일을 거리감을 갖고 비판, 관찰하고 있다. 특히 늘 '정돈', '질서'만을 강조하는 독일에 비해 아일랜드의 무질서함이 긍정적으로 묘사되고 있다. 뵐에게 아일랜드는 "아직 못다 이룬 꿈"(Ley 1992 : 18)이었던 것이다. 어떻게 보면 못 이룬 이 꿈을 채우기 위해 뵐은 직접 아일랜드에 머물렀는지 모른다. 특히 여기서는 종교(가톨릭)에 대해 긍정적으로 묘사되고 있다. 뵐은 1954년부터 80년대까지 아일랜드를 방문했으며 아힐 섬에 카트지Cottage를 구입해 그곳에서 지내기도 했다.

(2)『아일랜드 일기』－자전적 기행문, 혹은 여행문학

이제『아일랜드 일기』에 대해 구체적으로 알아보자. 1950년대에 뵐은 가족들과 함께 7년간 아일랜드에 머물면서 먼 곳에서 독일을 관찰하고 성찰하는 기회를 갖게 된다. 이 체류의 소산물이『아일랜드 일기』이다. 이것은 아일랜드에서 느낀 개인적 체험과 인상을 기술한 일종의 "문학적 문화 전달"(Holfter 2005 : 14)로 볼 수 있다.

보통 자서전이나 자전적 글쓰기에서 여행문학이 이 형식을 빌고 있으며, 이 여행문학은 일반적으로 작가의 자아 찾기, 자아의 정체성 찾기의 시도로 볼 수 있다. 즉 이것은 좁은 의미로나 넓은 의미로나 어떤 일기라 할 수 없으며, 정확한 제목으로 하자면 '아일랜드 감상문'이 되어야 한다고 페프로프는 말한다.(Päplow 2006 : 52) 그래서『아일랜드 일기』는 여행수기이며 알프레트 안더쉬가 밝힌 대로 "일종의 자아비판 형식"이다. 여행에서 자아비판의 순간은 자아 및 독자적 문화적 정체성을 비판적이고 생산적으로 파헤치고 견준다. 따라서 여행하는 자아가 자기 자신과 낯선 문화를 상대로 대화하는 내용이 그려진다. 그런데 이 자아는 자신의 입장을 견고히 하지 않고, 즉 어떤 닫힌 통일성을 지향하기 않고 끊임없는 변화와 열린 변화를 지향하고 있다. 이것은 작품 모두의 첫 문장에서부터 잘 드러난다. 여기서 뵐은 아일랜드를 개인적 시각에서 보고 있지만 모든 감각으로 받아들이고 있다.

내가 배 갑판에 올랐을 때 나는 보았고, 들었고 내가 국경을 넘었다는 냄새를 맡게 되었다.

—Böll 1994 : 7

즉 이것은 낯선 것과의 대화 시도 방향을 보여준다고 볼 수 있다. '타문화에 대한 시각'인 셈이다. 그래서 여기서 '나'는 관찰자의 역할만 할 뿐이다. 하지만 이 관찰자는 이미 순수한 관찰을 넘어서서 보는 새로운 시선을 내포하고 있다. 예를 들면

여기서는 이미 유럽의 사회 질서가 다른 형식을 취했다. 가난은 더이상 '수치'가 아니며 그렇다고 명예나 부끄러움이 아니다. 그것은 부(富)처럼 사소한 것이다.

—Böll 1994 : 7

이러한 시각은 일종의 관찰과 해석의 한 형태를 띤다. 그리고 자아와 낯선 것 간의 대화일 뿐만 아니라 노상에 서있는 자신과의 대화가 진행된다.

부드러운 미끄럼판 위로 우리는 꿈과 기억 간의 어느 누구의 땅도 아닌 곳으로 미끄러져 들어갔다. 더블린을 통과해 갔다. (…중략…) 동화속의 숲에 유령열차가 지나가듯 우리는 머리너머로 달렸다.

—Böll 1994 : 131

여기서는 고향과 국적이 의문시되며 자아의 것과 타자의 것의 경계, 즉 정체성의 경계가 무너져버린다. 화자는 아일랜드에 대해우호적이다. 이것은 한 독일인과의 대화에서 잘 드러난다. 한 독일인의 설명이 화자의 귀에 거슬린다.

여기는 모든 것이 지저분하고 비쌉니다. 그래서 당신은 어느 곳에서도 제대로 된 커틀릿을 먹을 수가 없어요. 나는 아일랜드를 열렬하게 옹호했다. 커틀릿에 대신에 마시는 차로, 위대한 성찬, 그리고 조이스나 예이츠로 옹호했습니다.

—Böll 1994 : 19

뵐은 아일랜드에서 비로소 '고향Heimat'을 느낀다. 그는 '안정과 고향을 상실한Ruhe-und Heimatlosigkeit' 독일 현실의 대안으로 이 개념을 가져온다.

여행에서 고향은 중요한 역할을 한다. 1장에서 화자는 아일랜드의 방랑하는 한 여인의 운명을 재연하고 있다. 일자리가 아일랜드에 없어 런던에서 일할 수밖에 없는 한 여인의 이야기에서, 그녀는 방황할 수밖에 없지만 그녀는 고향과 밀접한 관계가 있는 것처럼 보인다. 마치 일기에서 방랑하는 아일랜드 인들은 고향이 멀리 있지만 고향이 없지는 않은 '나 화자'와 반대되는 것으로 나타난다. 또한 이 책의 마지막 문장 "그녀는 미소를 띠었다. 나 또한 미소를 되받았다Sie lächelte mit zu, und ich lächelte zurück"(Böll 1994 : 138)는 상호문화적인(Holfter 2005 : 26) 평화주의의 모습을 잘 보여주고 있다.

4. 평화구현에의 열망

앞에서 살펴보았듯이 하인리히 뵐의 작가정신에는 사회 정의와
세계 평화가 깔려 있음을 알 수 있다. 그래서 정의롭지 못한 사회
제도나 비뚤어진 인간관계를 비판하고 있고, 그가 말하는, 보다 더
나은 '살만한 나라'를 지향하고 있으며, 국제적 관계에서도 세계동
포주의적 평화를 추구하고 있음을 알 수 있다.

뵐은 제2차 세계대전에 참전하여 전쟁을 겪으면서 전쟁이 정말
참혹하고 '장티푸스'처럼 전염성이 강한, 인간이 저지른 최악의 형
태로 보았으며, 따라서 전쟁 없는 평화에 대한 절실함을 일찍이 느
낄 수 있었다. 그래서 뵐은 초지일관 반전주의, 다시 말해 평화주
의자적 태도를 지닌다. 뵐이 정치사회적 참여적 태도를 지니는 것
도 이 때문이다. 평화를 깨뜨리는 포악한 정치 통치와 잘못된 기구
조직이, 또 양심을 잃은 인간의 심성이, 얼마나 큰 폐해를 일으키
는가를 보여준 작가였다. 그래서 그의 참여적 태도는 평화를 갈구
하는 노력 외는 아무것도 아닌 것이다.

뵐은 전후에도 이러한 정치적 폭압, 제도적 오류에 대해서 끊임
없이 비판하고 대항한다. 이를테면 군 재무장도 그렇고, 1968년
러시아 군대가 체코 프라하로 탱크로 밀고 들어올 때도 가차 없이
비판의 목소리를 높였다. 그리고 국제 펜클럽 회장을 수행하면서
정치적 난민에 대해 변호하는 입장에 늘 서 있었다. 예를 들어 구
소련의 솔제니친과 한국 작가 김지하의 구명운동이 대표적인 평

화 활동이다.

뵐의 작품에서 살펴볼 때도, 우선 앞서 말한 대로 뵐 작품의 주인공의 파트너로 많은 외국인(타자)이 등장한다. 이를테면 앞서 살펴본 대로 『열차 시간은 정확하였다』의 올리나, 『아담 너 어디 있었니?』의 일로나, 『여인과 군상』의 보리스와 메메트인데, 이를 보면 인간차별 없는 평화로운 사회에 대한 뵐의 열망이 나타나 있다. 그리고 뵐은, 그의 『카타리나 블룸』에서도 보여주고 있지만, 언론에 대한 폐해를 말하면서 언론 권력에 희생되는 약자들에 대한 억압을 폭로하고 있다. 1980년대 들면서 또 뵐은 반핵운동에 앞장서게 되며, 노년의 불편함에도 부인과 함께 시위에 참가하기도 하였다.

1985년 뵐이 죽은 후 부인 안네마리 뵐은 '랑엔브로흐 하인리히 뵐 하우스Heinrich-Böll-Haus Langenbroich'에서 평화실현의 구호 활동을 이어간다. 이것을 통해 다른 사람에 대한 인간적 관심과 동포애를 보여주고 있다. '하인리히 뵐 하우스는 뵐의 정신에 따라 막내아들 빈센츠에 의해 건립되었다. 이 집은 정치 탄압과 위협으로 창작 활동에 방해받는 작가들의 위한 피난처였다. 처음에는 상징적으로 1마르크를 받고 1년 정도 배려하기도 했다. 여기에 들어오는 심사기준은 프로젝트 내용보다는 얼마나 창조적인 작업을 할 수 있는가이며 정치 사회적 요인으로 '창작활동'이 힘든 사람에게 기회가 주어졌다. 가장 먼저 혜택을 받은 사람은, 터키에서 초등학교 교사로 일하다 터키 공산당 요원으로 체포되어 1984년 군부로부터 사형을 언도받았다가 독일로 탈출한 압둘 카디르 코눅이었고, 체코, 중국, 아프리카 대륙에서 온 많은 작가들이 이곳을 다녀갔고, 음악가 카멜라 체플렌코, 미술가 유리 라린 등도 이 재단의 혜택을 받았다.(Kühn 2000 : 194) 이 하우스의 이사인 안네마리 뵐은 영입 기준을, 첫째, 정치적 상황, 둘째, 경제적 입장, 셋째, 작품 수준으로 보았다.

또 하나의 기구는 '하인리히 뵐 재단'인데, 정의와 평화를 구현하는 뵐의 이러한 정신은 뵐 재단과 독일 녹색당이 연합한 사회운동으로 확산된다. 1987년에 설립된 이 재단은 처음에는 쾰른에 있다가 90년 말에 베를린으로 옮기게 되며, 녹색당과 연합해서 세계평화와 인권 신장을 위한 많은 사업을 하고 있다.

이 글에서는 뵐의 세계동포주의적 세계관을 국제 영향관계 속에서 살펴보았다. 뵐과 평화, 이 둘은 서로 뗄 수가 없다.

참고문헌

1차문헌

Böll, Heinrich, *Irisches Tagebuch*(der 42. Aufl.), München, 1994.

Ders., *Gruppenbild mit Dame*(der 9. Aufl.), München, 1981.

_____, *Der blasse Hund*(der 1. Aufl.), Köln, 1995.

_____, "Die Waage der Baleks", *Als der Krieg ausbrach*(der 17. Aufl.), München, 1981.

_____, "Angst um Kim Chi Ha", H. Böll. Werke, *Essayistische Schriften und Reden* 3 : 1973~ 1978, Köln, 1980.

2차문헌

Böll, Viktor · Schäfer, Markus, *Heinrich Böll. Fortschreibung*, Köln, 1997.

Durzak, Manfred, *Das Amerika-Bild in der deutschen Gegenwartsliteratur*, Stuttgart, 1979.

Holfter, Gisela, *Literarische Kulturvermittlung : Heinrich Böll und Irland*, 『하인리히 뵐』 5, 한국 하인리히뵐학회, 2005.

Killy, Walter, *Literatur und Werke deutscher Sprache* 1, München, 1988.

Kühn, Dieter, *Auf dem Weg zu Annemarie Böll*, Berlin, 2000.

Kurz, Paul Konrad, *Über moderne Literatur* 4, Frankfurt am Main, 1974.

Lehnardt, Eberhard, *Urchristentum und Wohlstandsgesellschaft*, Darmstadt, 1984.

Ley, Ralph, *Making It in the Big Apple*, Heinrich Böll in the New York Press, 1954~1988.

Wolfgang Elfe, *The Fortunes of German Writers in America : Studies in Literary Reception*, University of South Carolina Press, 1992.

Munzar, Jiří, "Heinrich Böll und der Kampf der tschechoslowakischen Schriftsteller um die Freiheit des Wortes", Marek Zybura, *Geist und Macht*, Dresden, 2002.

Ders., *H. Böll, im tschechischen Kontext, Germanistentreffen Bundesrepublik Deutschland* 6 : 10.10.1992, DAAD, 1992.

Päplow, Thorsten M., "Identität und Heimat : Heinrich Bölls Irisches Tagebuch", Ulrich Breuer · Beatrice Sndberg, *Grenzen der Identität und der Fitionaltität* 1, München,

2006.

Rajewsky, Christine · Riesenberger Dieter, *Wider den Krieg: Große Pazifisten von I. Kant bis H. Böll*, München, 1987.

Reid, H., *Heinrich Böll: Ein Zeug seiner Zeit*(der 1. Aufl.), München, 1991.

Scheffler, Ingrid, "Raum und Zeit : Literarische Koordinaten", Antje Johanning · Dieter Lieser, *Heinrich Bölls früher Prosa*, Münster, 2002.

Sowinski, Bernhard, *Heinrich Böll: Kurzgeschichte*, München, 1988.

Ders. *Heinrich Böll*, Stuttgart, 1993.

「보호라는 이름의 포위」를 통해서 본
하인리히 뵐의 평화사상[*]

정찬종

1. 하인리히 뵐 문학의 목표

뵐의 문학은 강한 저항에 못지않게 강력한 희망을 담고 있다. '작은' 사람들에게 희망을 줌으로써 독자에게도 희망을 주는 것을 뵐은 작가의 사명이자 문학의 목표로 여겼기 때문이다. 따라서 이 글에서는 1960~1970년대의 독일현실에 강하게 저항한 작품을 고찰해보고자 한다.

특히 1960년대에 들어서서 자본주의의 소비사회와 권위적인 제도 및 제국주의의 근성에 저항하며 독일사회의 개혁을 외친 68

---

[*] 이 글은 사지원, 「1977년 '가을의 독일'과 하인리히 뵐의 "배려 깊은 포위"」 (2012); 「전체주의적 독일사회에 대한 하인리히 뵐의 풍자와 제3의 길」(2015); 「하인리히 뵐의 반 생태사회에 대한 저항」(2010)에 주로 의지하여 작성되었다.

혁명이 실패로 돌아가자, 많은 작가들은 사회정치문제로부터 등을 돌렸다. 하지만 뵐은 이러한 분위기와 관계없이 작가로서의 사회적 역할을 다하기 위해서 노력했다. 특히 독일사회를 불안하게 한 테러리즘과 재야세력을 억압하기 위해서 전체주의적 체제로 변해가는 독일 정부와 이 정부와 결탁한 언론 등 일련의 사태를 문학적으로 형상화하며 온몸으로 저항했으며, 이 체험의 결과물이 「카타리나 블룸의 잃어버린 명예Die verlorene Ehre der Katharina Blum」(1974), 「국민의 사유상태에 대한 보고서Berichte zur Gesinnungslage der Nation」(1975), 「보호라는 이름의 포위Fürsorgliche Belagerung」(1979)와 같은 작품들이다. 이 글에서는 독일을 불안하게 했던 테러리즘이 종결됨과 동시에 출간된 『보호라는 이름의 포위』*를 중심으로 하인리히 뵐의 평화적 사유를 조명해보고자 한다.

2. 1970년대 독일사회의 모습

전후 빠른 시간 내에 경제 부흥을 일으킨 독일사회는 1960년대에 이미 소비사회로 접어들었다. 하지만 호황을 누려오던 경기가

---

* 이 작품은 1979년에 나온 하인리히 뵐의 원작 *Fürsorgliche Belagerung*으로 우리나라에서는 『신변보호』(안삼환 역)로 번역되었다. 그러나 소설은 '보호'보다는 감시에 비중을 두고 있으며 뵐의 의도도 감시국가체제에 대한 비판에 있다. 따라서 소설의 제목은 풍자적이다. 이러한 점을 고려하여 이 글에서는 『보호라는 이름의 포위』로 번역한다.

1966년 봄에 침체에 접어들자 우려의 목소리가 나오고 이를 극복하기 위해서 국가가 경제에 적극으로 개입할 수 있도록 하는 경제안정법의 제정이 대두되었다.

그러나 기독교민주당(기민당)과 기독교사회당(기사당) 및 자유민주당으로 이루어진 작은 연립정부는 의결정족수에 미치지 못하고, 1966년 10월에는 키징어 수상 아래 기민당과 기사당 및 사민당이 연합하는 대연정Groβe Koalition이 탄생했다. 하지만 이때에 그동안 눌려왔던 젊은이들의 불만이 폭발하였다. 이는 과거청산이 제대로 이뤄지지 않은 상태에서 오로지 경제부흥에만 몰두했던 도덕 불감증의 사회와 베트남전에 반대하는 대학생의 시위가 이어진 것이다.

1967년에는 이란의 독재자 팔레비 국왕의 국빈방문을 반대하는 시위가 일어났고 이 시위 중에 한 대학생이 경찰의 오발탄으로 사망하였으며, 시위는 걷잡을 수 없이 커지고 계속되었다. 하지만 대 연정정부는 1967년 6월에 경제안정법을 통과시키고, 1968년 5월에는 압도적인 찬성으로 긴급조치법Notstandsgesetz을 의결했다.

헌법에 보장된 시민의 민주적 권리와 자유가 제한을 받게 되는 긴급조치법이 의회를 통과했다는 사실은 연방의회에서 야당의 역할이 무력해지고 민주적인 절차가 제대로 작동되지 않았음을 의미한 것이다.

때문에 야당은 다른 곳에서 다른 방법으로 조직화되어야 한다는 여론이 확산되어 갔고, 이에 따라 '원외재야조직APO'이 결성되었다. 특히 대학생들은 강의실과 대학본부건물을 점령하고 경찰과 대치하며, 선전선동으로 우파들을 부추기는 독일 최대의 언론출판 그룹인 악셀 슈프링어사를 점령하는 등 과격시위를 계속하였다. 그러나 대학생과 진보세력이 주축이 되었던 68운동은 결국 긴급조치법으로 크게 위축되었고 극좌파들은 점점 강해진 공권력에 무력으로 맞서다가 적군파 RAFRed Army Faction라 불리는 테러리스트가 되고 말았다.

이처럼 테러의 공포와 사회적 혼란이 계속되자, 1972년 1월 빌리 브란트 수상과 각 주지사들은 사회적 토대와 국가의 전복을 예방하기 위한 조치로 자유 민주적 기본질서를 해치는 사람들에게 공직을 금하거나 그들을 공직에서 해임시키기로 결정했다. 이것이 소위 말하는 과격파공직금지령Radikalenerlaß이다. 이때 공직이란 교직, 우체국, 철도청을 뜻했고, 이 조치로 인한 피해 가능자는 실로 엄청났다.

특히 사민당의 정치노선의 변화로 원외재야조직과 좌파들의 활동이 제약을 받고, 반공이념이 퇴색하자, 1968년 창당되었던 독일공산당 DKP의 구성원들은 공직으로 진출이 막혔다. 하지만 정부의 이런 조치에 맞선 적군파의 무력저항은 더욱 강해졌다. 때문에 독일사회는 무려 1960년대 말부터 거의 10여 년 동안 바더-마인호프 그룹Baader-Meinhof-Gruppe과 과격파로 인하여 납치와 살해가 지속되었고 사회는 공포에 휩싸였다.

이 때 독일 과격파들을 더욱 분노케 한 것은 모든 국민에게 동등한 권리와 자유를 보장해야 할 헌법이 일부 사람들에게는 관대하게 적용된다는 사실이었다. 예컨대 전 세계를 전쟁으로 몰아넣고 숱한 사상자를 내는데 일조했던 나치주의자들은 오히려 국가 관리로, 교사로, 우체국과 철도청의 직원으로 근무하는 일이 있었다.

그 대표적인 인물로 한스 필빙어Hans Filbinger는 바덴 뷔르템베르크의 주지사까지 지냈다. 하지만 과격파공직금지 조치로 인해 1978년까지 2백만 명 이상의 공직자와 변호사가 심사를 받았으며, 약 4,000명이 공직에서 해임당하거나 공직에서 거부당했다. 이에 슈나이더Schneider나 안더쉬Andersch 같은 여러 작가들은 과격파공직금지령에 저항하는 작품들을 발표하였으며, 뵐 역시 이 조치에 강하게 반발하였다. 그는 "서유럽의 민주국가에서 어떤 나라도 이런 종류의 법규가 가능하지 않을 것"이라고 주장하면서 "독일연방공화국은 품위가 없는 나라"라고 한탄하였다. 동시에 뵐은 과격파공직금지령은 문제와 이론적이고 실질적인 대립을 저해할 뿐만 아니라 공직에서 일하고자 하는 젊은이들의 사기를 꺾고 그들을 비굴한 순응이나 거짓으로 이끈다고 질타했다.

따라서 뵐은 과격파공직금지령은 희망을 죽이는 것이며 폭력만이 난무한 전체주의 국가의 모습과 같은 것이라 탄식했다. 이런 사건들을 경험한 뵐은 녹색당 창당에 나섰다. 그가 비록 빌리 브란트 수상과 아주 가까웠을지라도 사민당에 대한 그의 호감도가 크게 저하되었기 때문이다. 사실 과격파공직금지령은 빌리 브란트 수상 집권 시기의 가장 논쟁적인 조치였으며, 이 조치에 대해 빌리 브란트는 나중에 후회했다고 한다.

이처럼 10여 년에 걸쳐 지속되었던 정치테러는 1978년에 막을 내렸다. 1978년 적군파들은 루프트한자 항공기를 납치하고 감옥에 있는 적군파들과의 교환을 시도했지만 슈미트 정부는 이들을 소탕해버렸다. 적군파들의 협상은 실패되었고, 한 달여 전에 납치당했던 독일경영인협회 회장 한스 마르틴 슐라이어는 희생되었고 감옥에 있던 1세대 적군파들은 자살을 했다.

슐라이어가 살해되었음이 알려지자, 그동안 뵐을 테러리스트의 동조자로 몰아갔던 신문 『빌트*Bild*』지는 또다시 "뵐은 왜 침묵하는가?"라는 기사로 시민들을 선동하고 책동했다. 이에 대해 뵐은 텔레비전 인터뷰를 통해 "만약 거리에서 한 여자가 폭행당하고 살해당하면 결코 보고만 있지 않을 것"이라고 분노하며 "빌트는 헛소리하지 말라"고 일갈했다. 이어서 그는 자신의 텍스트를 아는 사람은 그가 살해와 테러에 동조했다는 데 결코 동의하지 않을 것이라고 주장했다.

이처럼 뵐은 과격해진 테러리스트를 체포하기 위해서 또 테러리스트의 표적이 되는 인물들을 보호하기 위해서 국가가 권력을 남용함으로써, 무고하게 희생당한 시민들과 궁지에 몰린 테러리트들의 예측 불가능한 테러행위를 염려하였다. 동시에 그는 과연 국가가 행하고 있는 경찰병력에 의한 철통방어가 테러행위를 완벽히 막을 수 있을 것인지, 보호와 감시를 구별할 수 있는 것인지에 의문을 제기하였다. 바로 그 의문을 문학적으로 형상화한 작품이『보호라는 이름의 포위』이다. 이 글에서는 작품의 핵심 주제인 테러리스트들로부터의 완벽한 보호가 가능한지, 혹시 그것이 감시는 아닌지를 조명해보고자 한다. 그러면 작품의 이해를 돕기 위해서 작품이 탄생하게 된 배경과 시대적 상황부터 알아보자.

3. 소설 『보호라는 이름의 포위』 정독하기

1) 소설의 탄생배경 — 독일의 적군파와 1977년 가을

1979년에 발표된 하인리히 뵐의『보호라는 이름의 포위』는 적군파의 테러행위가 정점에 달하고 독일 정부의 강한 탄압이 있었던 1977년 '가을의 독일'을 그리고 있다. 이때를 흔히 "가을의 독일Deutschland im Herbst"이라 부른다. 그러니까 이 소설은 당대의 시대적 상황과 밀접한 관계를 맺고 있다. 하지만 뵐은 소설의 서두에서 "이 소설의 인물, 상황, 사건, 문제 및 갈등은 작가의 자유로운 창작일 뿐이다. 만약 이 작품의 어딘가에, 말하자면 사실과 조금이라도 일치된 점이 있다면, 그것은 ― 언제나 그렇듯이 ― 작가의 책임은 아니다"라고 논쟁의 여지를 미리 차단하며 소설에서의 시간을 1978년 11월로 설정하고 있다.

소설의 시간은 1978년 11월이지만 1977년 가을 독일에서 있었던 사건들을 제시하고 있다. 68학생운동 이후에 결성된 테러 집단 적군파 RAF는 감금되어 있는 그룹의 지도자들을 석방시키기 위해 테러를 가하기 시작했다. 이들은 1977년 4월부터 그 해 가을까지 정치·경제계의 고위급 인물 3명과 그들의 기사와 경호원을 살해하고 87명의 승객이 탄 루프트한자 여객기를 납치하여 감방에 갇혀 있는 동료와 교환할 것을 요구하였다. 적군파의 테러행위가 절정에 이르렀던 1977년 가을까지 28명이 죽었고 17명의 도시 게릴라군이 시체로 발견되었으며, 테러와 전혀 관련 없는 시민 2명이 경찰의 오인으로 사살되었다. 결과적으로 47명이 목숨을 잃은 것이다.

소설 『보호라는 이름의 포위』는 1977년 '가을의 독일'에 대한 문학적 반응이라 할 수 있다. 작가는 이 소설에서 보호와 감시를 구별할 수 있는지, 완벽한 보호라는 것이 결국 철저한 감시가 되어 오히려 시민들을 불편하게 하고 불안감을 조성하는 것이 아닌지 의문을 제기하고 있다.

사실 국가의 철저한 감시 하에 있다는 것이 어떤 처지인지를 뵐은 자신이 직접 경험했다. 뵐 자신이 테러리스트들의 편에 서있는 인물로 낙인찍혀 우파들에 의해 공격당했던 것이다. 그러나 동시대

문제를 고민하는 작가가 시대적, 사회적 사태를 염려하는 것은 당연한 일일 것이다. 당시 하인리히 뵐 뿐만 아니라 귄터 그라스, 에리히 프리드, 장 폴 사르트르와 같은 작가들도 국가의 강력한 조치를 비판하며 우려의 눈으로 바라보았다. 그럼에도 불구하고 뵐이 극우파의 표적이 되었던 이유는 사회문제가 있을 때마다 온갖 불이익을 감수하고라도 적극적으로 약자들의 편에 섰기 때문이다.

특히 1970년대 초반에 뵐의 분노를 불러일으킨 것은 테러리스트들과 국가 사이의 첨예한 대립과 긴장관계를 악용하여 판매부수를 늘리고자 선동적인 기사를 남발하는 일간지『빌트』지였다.『빌트』는 1971년 12월 23일 자 1면에서 "바더-마인호프 일당은 살인행각을 계속하다"라는 커다란 표제어 밑에 한 은행 강도의 사진을 싣고, 그것이 마치 바더-마인호프의 소행인 것처럼 기사화하였다. 경찰이 정확한 수사발표를 하기도 전에,『빌트』는 바더-마인호프가 마치 법정에선 것처럼 보도한 것이다. 이러한『빌트』의 횡포에 대해 뵐은 1972년 1월 10일 자『슈피겔』지에 "울리케는 특사를 원하는가 아니면 불구속 보호조치를 원하는가?"라는 글을 기고하였다.

뵐은 이 글에서 바더-마인호프 그룹에 대한 섣부른 유죄판결과 그들을 몰아붙이는 대중 선동캠페인에 반대하고 언론의 폭력을 인권침해라고 맹렬히 비판하며 또 다른 유혈행위가 있기 전에 테러리스트들에게 그들의 행위를 숙고할 시간을 주고 서로 신중해지자고 호소하였다. 그러나 반응은 정반대로 나타났다.

그는 극우파신문과 우익인사들로부터 집중 공격을 당하고 무정부주의적인 흉악범의 동조자로 낙인찍혔다.『빌트』는 뷜을 가르켜 요제프 괴벨스Joseph Goebbels의 언어로 말하는 사람이라고 공격하였고, 더 나아가 국가로부터 직접 폭력을 당했다. 이는 1972년 6월 1일 바더와 마인스와 라스페가 체포되었을 때, 무기나 숨겨놓은 범죄자를 색출하기 위하여 뷜이 살고 있는 아이펠 집이 수색당한 것이다. 이후에도 1977년 11월까지 가택수색을 세 번이나 더 당했으며, 1974년 2월에는 아들 라이문트의 쾰른 집이 수색당했는데, 실제로 수색이 있기도 전에『빌트』가 이를 보도한 것이다. 그러니까 뷜 자신이 바더-마인호프와 비슷한 경험을 한 것이다. 유명인사로서도 막강한 언론과 공권력에 무력함을 몸소 체험한 뷜은 약자를 보호하려는 입장을 더욱 굽히지 않게 되고, 더 나아가 젊은이들을 탄압할 것이 아니라 그들을 포용해야 한다고 강력히 주장하고 나섰다.

그러나 아이러니하게도 뷜은 테러리스트들로부터도 공격을 받았다. 국가의 조치에 대한 그의 용기 있는 저항행동에도 불구하고 테러리스들에게는 뷜의 행동이 충분히 단호하지 못했던 것이다. 특히 뷜이『프랑크푸르트 룬트샤우』에 기고한 글에서 베를린 고등법원장 귄터 폰 드렌크만이 적군파에 의해 암살당한 것을 비판했기 때문이었다. 당시 적군파들은 뷜을 가르켜 '책상에 앉아서 글로만 말하는 행동력 없는 글쟁이'라고 경멸하였다. 또 뷜이 1972년 노벨문학상 수상을 수용하자, 뷜은 죽은 인물이라고 비난하였다.

따라서 뵐은 1970년대 전반기에 이중 공격을 받은 입장이 되었다.

1970년대 후반기에는 테러행위가 더욱 과격해졌고 더 많은 유혈사태가 일어났다. 이에 따라 사회전반에 긴장감이 극도에 달했다. 슈라이어가 납치되었을 때, 뵐은 납치범들에게 인간생명을 가지고 살인적인 교환사업을 하는 짓을 포기하라고 호소했다. 그러나 뵐은 다시 테러리즘의 대부로 공격받으며 대중비판의 화살받이가 되었고 심지어 독일을 떠나라는 비난을 받았다. 이에 대한 뵐의 충격 또한 컸지만 작가인 그는 결국 이러한 상황을 문학적으로 형상화하였다. 그 문학작품이 『보호라는 이름의 포위』이다.

2) 배려가 깊은데, 포위?

21장으로 된 이 소설은 제목부터 불균형으로 시작된다. '보호'라는 긍정적 배려 측면과 '포위'라는 부정적 감시 상태는 원래 같은 차원에서 존재할 수 없는 행위이기 때문이다. 그러나 실제 등장인물들은 보호의 미명하에 철저한 감시를 받고 있는 현실 속에서 그려져 있다. 특히 포위Belagerung라는 단어는 군사전술적 용어로서 포위공격을 지칭하기 때문에, 당사자들의 심리적 상태가 억압받고 있다고 볼 수 있다. 보호와 포위라고 할까 아니면 더 정확히 보호인가 포위인가 — 이러한 사회적 상황에 처한 중심인물은 '소신문Blättchen'의 사장 톨름Tolm 노인이다.

그는 전후 뜻하지 않게 유산으로 받게 된 '소신문'을 23년째 경영해 오는 동안 독일사회의 자본이 성장해온 전형적 길을 달려온 경제인이 되었다. "톨름 성의 프리드리히 폰 톨름"이라고 불릴 정도로 신흥 돈 귀족에 속하는 그가 경제인 협회 회장에 피선되는 날에서 이야기가 시작된다.

제1장에서는 이미 톨름과 같은 재계의 거물들이 보호라는 이름의 포위 상태에 있음이 밝혀진다. 70년대에 극도로 과격해진 테러 행위로 인해 잠정적인 희생자로 간주된 톨름 가족이 소위 테러로부터의 안전을 위해 경찰의 보호를 받고 있는 것이다. 그런데 안전이니 보호니 하는 긍정적 어휘가 실제로 구체적 삶의 현장에서는 다분히 부정적으로 체감된다는 데에 문제의 발단이 있다. 작가 자신의 설명에 따르면 이 소설에 등장하는 인물은 네 가지 유형으로 구별하고 있다.

경호 대상자Bewachte, 감시대상자überwachte, 경호원Bewacher과 안전정책의 희생자들Sicherheitsgeschädigte이다. 톨름 노인은 이 네 부류와 가족적으로 연루되어 있으며 이는 독일의 발전상에 따른 갈등 구조의 핵을 담당하는 유형적 인문이라고 할 수 있다. 여기에서 보호를 받는 사람들과 감시를 받아야 하는 사람들 중 과연 어느 쪽이 도덕적으로 더욱 나쁜가 하는 점이 이 소설의 기본 테마이다.

뷜의 입장은 국가의 안전조치 정책은 졸속으로 이뤄져 있기에 이로 인해 오히려 사회적 불안이 가중되고 긴장이 발생한다는 것이다. 이 작품에서는 폭력 단체의 위험성과 이 위험의 감시자들 사이에 콤플렉스가 그려지되, 경호대상자이며 감시대상자들 모두가 박해되고 억압받는다는 문제로서 다루어진다. 만일 보호조처를 받고 있는 인물들 스스로가 보호 상태를 억압된 포위로 느낀다면, 안전조처의 무의미성이 그대로 드러나고 만다. 작품에서 톨름 부녀는 직접적으로 이러한 불만을 토로하고 있다.

사비네는 베로니카에게

"보호받는다 감시받는다 하는 것, 언니도 그걸 알지, 거의 감옥이나 다름없다는 걸 알잖아"라고 말하고 있다.

톨름 또한 다음과 같이 말한다.

"기껏해야 우린 우리 신세가 죄수인 것으로 만족하는 게야 ― 우리가 안전 속에서, 어쩌면 안전 때문에 파멸해 가는 것"이라고.

이처럼 톨름 가족은 '안전'한 '감옥'을 실감한다. 감옥에 갇혀 있는 죄수들은 표준화되고 규격화되어, 그들의 사회적 행동맥락은 하나의 조정된 목소리에 의해 조정된다. 그들은 보호를 받으며 실제로는 포위당하고 있는 것이다. 이는 뵐이 분류한 네 그룹의 인물들 모두에 해당되며, 특히 감시자나 보호자나 강요된 행위만을 할 수 있을 뿐이다. 그 가장 분명한 보기가 첫 장면에서 등장한다.

이야기는 늙은 톨름이 경제인협회 회장에 피선된 뒤에 갖은 인터뷰 장면에서 시작된다. 그는 자신의 의사와는 관계없이 회장 자리에 떠밀어 올려진 배경이나 소위 감시대상자로서 추적 또는 주시당하고 있는 자녀들 생각에 골몰하면서도 훌륭한 인터뷰를 진행하고 있다. 그의 입은 마치 "미리 제조되어 차례로 출고 준비가 되어 있는 표현법들을 내뱉은 자동기계"와 같다.

그는 대중매체 관련 정신분열증이라 명명할 수도 있을 이중궤도를 즐기며 대중매체 언론의 언어를 조롱한다. 언어에 대한 그의 불신은 한 걸음 더 나아가 어느 날 오후 내내 저장용 인터뷰를 생산해 놓을 구상에 이른다. 어차피 상황의 구체적 맥락과 관련없는 무의미한 단어들의 나열일 바에야 녹음된 인터뷰나 생방송이나 마찬가지라는 것이다.

이러한 언어회의 및 불신은 뵐의 작품 「카타리나 불룸」의 언어적 저항보다 더 심각성을 지니고 있다. 그것은 톨름 자신이 바로 언어의 홍수 속에서 재산을 증식해낸 언론기업인이기 때문이다. 그가 대중언어의 도덕성을 부정하는 것은 자신의 실존 자체에 대한 부정을 의미한다.

우리 아이들은 『소신문』을 손도 대지 않을 게야, 정보가 없다는 게지, 그 애들 말이 옳아 (…중략…) 아무튼 『소신문』은 지사까지 합치면 수백만 명이 읽고 있는, 적어도 구독은 하고 있는 신문이지. 헌데도 애들에게는 내 신문이 없는 것이나 마찬가지야, 그애들 친구들에게도 그렇고, 체제의 전달 기구, 체제의 정보기구가 그들에게 흥미를 줄 수야 없겠지.

이러한 신문 또는 체제 언론의 비판은 그것이 소유자의 측면에서 나왔다는 점에서 훨씬 더 적극적인 공략을 하고 있는 것이다. 소위 언론계의 자성이라는 의미에서 긍정적인 희망을 가져다주기 때문이다. 이제 신문이라는 것이 종이의 낭비에 불과하다는 신문무용론은 극을 달린다. 보고 난 신문지가 화장실에서 사용되던 시절에는 폐품이용이나 되었지만, 오늘날에는 두 가지 목적을 위해 막대한 숲과 나무가 희생되고, 숲의 인간들이 쫓겨난다는 것이다.

3) 황폐화되어 가는 환경

여기에서 『보호라는 이름의 포위』의 또 하나의 테마인 환경피폐 문제가 대두된다. 뵐이 문화에 대해 이해하는 것은 "문화란 원래 땅의 문화였다"는 사실이다. 따라서 "진보라는 단어는 인간에게서 기본 요소들인 땅과 공기와 물을 앗아가거나 감염시키는 한, 통렬한 아이러니일 뿐이다." 석유의 정련이다, 갈탄 생산이다 해서 독일이 진보하는 동안 날씨는 날마다 "흐린날"을 감수한다. 물질적 성장은 반대급부와 더불어 성장한 것이다. 원래 성장이라는 개념은 생물학 영역에 속한다. 오늘날에는 그것이 물질적 가치에 적용되고 있으며, 상당히 보편화되어 있다. 뵐은 성장이 갖는 생물학적 개념을 강조하여 이 작품에서는 이를 의인화시켜 나타냈다. 성장이라는 생물은 준설기의 모습으로 등장한다.

거대한 준설기들이 행진했고, 삽같은 동물이 순한 듯 ─ 무자비한 듯 ─ 무해한 듯 ─ 가차없이 숲을 통째로 먹어 치우고, 땅을 삼켜먹더니, 저 멀리에다가 다시금 토해내고 있었다.

뿐만 아니라 톨름은 직접 성장이 갉아 먹는 것, 이 가공할 암을 느낀다.

성장을 이상 세포인 암에 비유하는 사고는 원래 늙은 톨름 세대의 산물이 아니다. 그것은 소위 과격파 젊은이들의 사고이며, 뵐은 이 작품에서 다시 한번 과격파 훈령의 무모성을 직접 비꼰다. "멍청한 훈령의 의미로서 과격파"라는 구절이 그것이다. 뵐의 마지막 인터뷰가 된 것 또한 주제는 이 성장과 그 반대급부로서의 자연파괴 및 인간 상실에 관한 것이었다. 날마다 땅이 도로 등을 위해 죽어가듯이 그만큼 날마다 자유가 죽어간다.

물증적 또는 객관적으로 말하자면 성장이 가져온 결과는 물론 독일 경제기적, 라인강의 기적이요, 번영의 물결이다. 서독의 경제는 동독을 유럽공동체의 곁으로 끌어들여 관세 혜택을 주는 방식으로 도와줄 수 있는 급성장을 이루었다. 그러나 작품 도처에서는 세상이 온통 혼돈과 와해라는 넋두리가 등장한다. 뵐의 시각에서 성장은 혼돈과 와해를 낳았을 뿐이다.

4) 불균형적인 발전

사회비판적인 시각은 작품 내에서 아들 롤프 톨름Rolf Tolm을 통해 그려지고 있다. 롤프는 아버지의 막강한 재산의 그늘 아래에서 톨름성의 황태자로서 성장해야 마땅했다. 그러나 그는 그의 친구 베벨로Heinrich Bewerloh와 함께 경제학을 전공했고, 그것이 그의 불운의 시작이었다. 롤프는 1946~1949년 사이에 독일은행의 주식은 15,000%의 수익을 올렸음에 비해 서민들의 저축예금은 7%의 가치로 하락했음을 알게 된 것이다. 이로 인한 불평등의 성장 속에서 위화감이 발생한 것은 당연하며, 이를 학술적으로 확인하고 나서도 이 체제를 받아들이기는 쉽지 않다는 것이 이 소설의 주장이다.

뵐은 일찍이 절대 빈곤기에 느낄 수 있었던 순수한 이웃 정을 앗아가버린 불균형적 번영을 지적하며 그 도덕성의 결여를 지탄해 왔다. "이 기묘한 세상에서 (…중략…) 나를 가장 놀라게 한 것은 가난한 사람들의 인내심"이다. 그들의 인내심은 체제의 경고함을 도와줄 뿐이다. 그러므로 이제는 행동할 때라는 것이다. 이 기묘한 세계를 개선하고자 하는 젊은 과격파들의 행동은 결과적으로 불발된 테러에 그치고 말지만, 뵐은 이들 행동의 원인을 높이 샀다.

아들 롤프 또한 자동차에 불을 지르는 행위 따위의 우발적인 행동으로 불의와 맞서 보았지만, 그가 사회와 격리되는 결과만을 낳는다. 청교도적 사회주의자 유형인 그는 사회로의 수렴을 거부하고 — 실제로는 취업제한 조처로 인해 취업을 거부당하고 — 시골로 찾아든다. 농가를 돌아다니며 쓰레기로 버려진 나무토막을 주워 모으며 살아가는 것이다.

아무런 불만의 흔적도 없는, 매우 순박한, 더 이상 순박할 수 없는 목가적 생활이다. 그들은 이미 오래전부터 더는 (…중략…) 그들의 사회주의를 설파하려고 하지 않았다.

심지어 그들은 빵을 만들어 팔면서 작은 이윤을 얻고 저축을 한다. 그들이 비판의 대상으로 자본주의 체제를 부분적으로 수용하는 삶의 태도는 중요한 인식의 전환점이다. 이 관점에서 롤프와 베벨로의 인생관은 달라진다. 베벨로는 감시를 피해 독일을 떠나 제3국을 거점으로 테러활동을 조직한다. 롤프는 베벨로 뿐만 아니라 아내 베로니카와 아들 홀거Holger까지 함께 잃은 셈이다.

롤프는 한적한 시골의 신부관 한쪽을 빌어 살면서 청빈하고 소박한 삶을 통해 이 자본만능의 사회를 몸으로 꾸짖는 한편, 카타리나와 사이에서 두 번째 홀거를 얻는다. 롤프는 둘째 아들을 얻었을 때 이미 큰 아들이 'Holger'임에도 불구하고 또 'Holger'라고 명명한다. 그러나 베벨로는 베로니카와 아들 홀거까지도 테러의 도구로 이용한 완벽한 계획을 세운다. 하지만 결과는 베벨로가 체포되는 순간 자폭한다. 소년답지 않게 세뇌된 홀거는 톨름성을 방화하고, 폭약이 장치된 자전거를 타고 입국하던 베로니카는 자수하면서 막을 내린다. 폭력행위에 의한 사회개선은 성공할 수도 없거니와 그런 사고방식 자체를 위험시하는 관점에서 이 소설은 끝난다.

5) '따뜻한 얼굴'을 한 세상에 대한 하인리히 뵐의 갈망

뵐은 다른 작품과 마찬가지로 이 작품에서도 소외받는 인물들을 등장시키고 있다. 동시에 모순된 국가기구에 맹종하지 않고 비판하면서 새로운 세계를 기다리고 침묵시위를 하고 있다. 이들은 사회주의자 혹은 공산주의자들이면서도 인간의 얼굴을 가진 따뜻한 사회주의자이 모습을 보이고 있다. 현 체제를 반대하고 비판한다는 이유로 취업이 금지되고 감시까지 받으면서 '위성인간'으로 취급되어진 이들이지만 보통 사람들이 보지 못하는 세상의 불의를 볼 수 있는 눈과 침묵하지 않는 용기를 가지고 있다.

또한 등장인물들은 자신의 이익보다 공동선을 위해 모순된 체제와 싸우고 있으며, 소설의 마지막에 「어떤 사회주의」는 현재의 모순된 자본주의 체제에 대한 새로운 대안으로 제시되었다고 볼 수 있겠다. 작가 뵐은 어떤 주의를 강조하다기 보다는 즉 사회주의나 혹은 자본주의는 결코 양자 선택이 아니며, 모든 것을 상대화하면서 어떤 것도 인간의 자유를 구속하는 것이라면 거부되어야 마땅하다고 보았다. 자본주의적 모순과 사회의 경직성에 대해 늘 '살만한 나라에서 살만한 언어가 존재한 나라'를 희망했으며, 뵐의 사회주의는 구체적 의미에서 국가체제로서의 사회주의라기보다는 그가 항상 소리쳐 말하는 '인간화의 길' 또는 '인간애'가 넘치는 사회의 질서 원칙을 원했던 것이다.

제3부

예술을 통한 평화의 구현

테러와 트라우마 그리고 평화

문화기호학으로 읽는 빔 벤더스의 〈랜드 오브 플렌티〉[*]

곽정연

1. 들어가며

2001년 9월 11일 급진 이슬람 세력이 미국 정치와 경제, 그리고 군사의 상징인 국회의사당, 세계무역센터, 국방부를 공격한 테러는 미국은 물론 전 세계에 엄청난 충격을 불러일으킨다. 9·11테러는 대중매체를 통해 전 세계에 동시에 중계되어 전 세계인이 이 사건의 생생한 목격자가 된다. 하버마스는 9·11테러를 "최초의 세계사적 사건"이라고 칭한다.(보라도리 2004 : 320) 9·11을 기점으로 9·11 이전과 이후라는 표현이 나올 정도로 9·11테러가 국제 질

[*] 이 글은 곽정연, 『독일문학』 제142집에 실린 「테러와 트라우마 그리고 기억-빔 벤더스의 〈랜드 오브 플렌티〉를 중심으로」와 『독일언어문학』 제80집에 실린 「9·11테러와 아프가니스탄전쟁에 대한 독일에서의 미국담론」, 그리고 『독일어문학』 제84집에 실린 「독일에서의 이라크전쟁 관련 미국 담론」을 수정·보완하여 활용하였다.

서와 인류문명에 끼친 영향과 충격은 전환기적 성격을 띤다. 전쟁 수준의 인명과 재산피해를 가져온 이 사건은 많은 사람들에게 트라우마를 남기고, 집단적 무의식에 깊이 각인되어 기억되는 사건으로 남게 된다. 이러한 세계사적 사건에 대해 다양한 시각을 담은 영화와 소설을 비롯해 많은 예술작품이 생산된다.

  미국문화와의 상관관계 속에서 독일의 문화적 정체성에 관해 천착해 온 독일 감독 빔 벤더스Wim Wenders는 9·11테러 이후 미국의 변화에 대한 자신의 생각을 3일 만에 이야기로 구상한다.(Wenders 2005 : Audiokommentar) 이 이야기를 토대로 4주 만에 시나리오가 완성되고, 디지털 카메라로 16일 만에 촬영하여 저 예산영화〈랜드 오브 플렌티Land of Plenty〉(2004)가 탄생된다.

  9·11테러가 일어난 후 2년이 지난 2003년 미국 로스앤젤레스를 배경으로 한 이 영화는 테러에 대해 정반대의 견해를 가지고 있는 두 미국인을 대비시킨다. 베트남전쟁 참전용사였던 폴 제프리Paul Jeffries는 또 다시 발생할 테러로부터 조국을 지켜야 한다는 사명감 아래 감시 장비를 갖춘 밴 자동차를 몰고 다니며 수상한 사람들을 추적한다. 그의 표적이 된 아랍인 핫산Hassan이 거리에서 총에 맞아 죽는 현장을 목격한 그는 그 배후를 찾아 나선다. 선교활동을 하는 부모와 함께 아프리카와 팔레스타인에서 자란 라나 스웬손Lana Swenson은 20살이 되어 10여 년 만에 미국에 돌아온다. 그

녀는 노숙자를 위한 선교단체에서 일하다가 핫산의 죽음을 목격하고, 현장에서 폴을 만나게 된다. 인도적 차원에서 핫산의 시신을 가족에게 인도하려는 라나는 테러리스트라고 추정되는 자의 배후를 추적하는 폴과 함께 그의 이복형을 찾아 떠난다.

폴이 9·11테러 이후 정부와 언론에 의해 부추겨진 편협한 애국심에 사로잡혀 모든 아랍인을 잠재적 테러리스트로 의심하는 미국인을 대표한다면, 타자의 입장에서 조국을 바라보면서 인도주의적 가치를 실현하려는 라나는 또 다른 미국인을 대변한다. 이 영화의 주인공들은 벤더스의 로드 무비의 다른 주인공들과 마찬가지로 로스앤젤레스에서 뉴욕으로 가는 긴 여정을 통해 서로의 다른 입장을 이해하게 되고, 정체성을 찾게 된다.

이 글에서는 9·11테러와 테러와의 전쟁에 대한 이 영화의 역사적 배경을 설명한 후 로트만Juri Michailowitsch Lotman의 문화기호학을 토대로 프로이트의 정신분석학을 보완적으로 적용하여 〈랜드 오브 플렌티〉에서 9·11테러 이후 변화된 미국문화를 분석하고자 한다. 상이한 기호체계 간 상호 작용에 의한 문화적 역동성에 천착하는 로트만의 문화기호학은 9·11이라는 전환기적 사건 후에 서로 대립하는 문화적 요소들이 어떻게 상호 작용하는지를 분석하는 데 유용한 이론적 틀을 제공한다. 또한 테러로 인해 발생하는 심리적 증상인 공포와 트라우마를 분석하는 데 정신분석학은 적합한 방법론을 마련한다.

로트만은 현실과 구조적 상응성을 가진 예술은 현실의 모델이 되고, 현실을 해석함으로써 현실에 대한 인식을 가능하게 한다고 본다. 로트만은 특히 영화는 사실적인 환영을 창조함으로써 수용자의 정서와 의지에 보다 적극적인 영향을 미치는 중요한 매체라고 평가한다.(로트만; 치비얀 2005 : 336 참조)

〈랜드 오브 플렌티〉에서 벤더스는 폴이라는 인물을 통해 미국에서 지배적인 적대감과 폭력성을 표현하는 반면, 라나라는 인물을 통해 근본주의적 기독교와 대비되는, 다른 사람들과 평화롭게 공존하는 기독교정신을 보여주고 싶었다고 밝힌다.(Wenders 2005 : Audiokommentar 참조) 두 인물은 벤더스가 생각하는 미국의 양면적 모습을 대변하는 상징적인 인물이라고 할 수 있다. 두 주인공은 감독이 구상한 인물이지만 실제 존재하는 인물들을 모델로 삼아 형상화됨으로써 현실성을 부여받는다. 폴은 이 영화의 시나리오 작가 마이클 메레디스Michael Meredith의 삼촌을 모델로 하였다. 그는 베트남전에 참가해서 폴처럼 에이전트 핑크Agent Pink에 감염되어 정신적, 육체적으로 병을 얻게 된다.(Reverse Angle 2004 : 25) 하지만 정부는 이에 대해서 책임을 지지 않았다. 그러나 그는 애국자로 남았고, 9 · 11이 발생하자 폴처럼 베트남에 대한 그의 기억은 다시 회귀한다.(Reverse Angle 2004 : 25) 폴을 통해 이 영화는 이러한 베트남전쟁에 참전했던 사람들의 모습을 반영하고 있다. 메레디스는 인도에서 한 학기 동안 체류한 후, 미국으로 돌아와 가족들과 겪은 갈등과 그가 읽은, 팔레스타인 자치 구역 웨스트뱅크West Bank에서 선교활동을 했던 사람들의 경험을 토대로 라나라는 인물을 구성했다고 밝힌다.(Reverse Angle 2004 : 26) 벤더스는 원래는 이념에서 만들어진 인물들이 영화를 촬영하면서 살아 숨 쉬는 생동감 있는 인물로 변화했다고 설명한다.(Nicodemus 2004 참조)

이 글은 〈랜드 오브 플렌티〉에서 9·11테러 이후 변화된 미국문화와 함께 미국인이 새로운 정체성을 정립하는 과정을 분석함으로써 테러로 인한 문화 변화 메커니즘을 규명하고, 테러로 인한 트라우마를 어떻게 극복하여 새로운 문화 형성의 기회로 삼을지에 대한 담론에 준거를 제시하고자 한다. 또한 이러한 분석을 통해 테러와 관련된 미국에 대한 독일 지식인의 입장을 규명하고, 트라우마를 남기는 테러를 극복하고 평화로 향하는 길에서의 영화 나아가 예술의 역할에 대해 생각해보고자 한다.*

---

*   이 글에서 영화를 인용할 때는 대사가 시작되는 시간을 인용되는 대사의 원문 뒤에 기입한다.

2. 역사적 배경

1) 9 · 11테러

2001년 9월 11일 오전 미국 워싱턴의 국방부 청사인 펜타곤, 의사당을 비롯한 주요 관청 건물과 뉴욕의 세계무역센터빌딩 등이 항공기와 폭탄을 동원한 테러공격을 동시다발적으로 받게 된다. 오후 4시경 CNN 방송은 오사마 빈 라덴Osama bin Laden이 배후세력으로 지목되고 있다고 보도했으며 미국은 오사마 빈 라덴과 그가 이끄는 테러조직 알 카에다Al Queda를 테러의 주범으로 발표한다.

9 · 11테러로 경제력의 상징인 세계무역센터와 군사력의 상징인 국방부가 공격당함으로써 9 · 11테러는 미국이 주도해온 세계 경제체제와 국가 안보체제에 대한 도전으로 이해되었다. 반유대주의자들에게 세계무역센터는 유대화된 자본주의, 잘못된 세계화의 상징으로 여겨졌다.(Böhmer) 성욕과 탐욕에 찌든 유대인들이 지배하고 있는 미국은 가치 추락의 주모자라고 알 카에다의 대변인은 밝힌다.(Böhmer 참조)

9 · 11테러는 제2차 세계대전 후 미국 본토에 아무런 사전 경고 없이 가해진 최초의 공격이었기 때문에 미국인들이 받은 충격은 컸다. 이러한 충격 속에 부시 미 대통령은 "우리는 전쟁 중이다 We'are at war"라고 발표한다. 부시 대통령은 9월 20일 미의회 상하원 합동 회의장에서 모든 국가는 이제 우리 편에 서든지, 테러분자 편

에 서든지, 택일하라고 하면서 '테러와의 전쟁War on Terror'에 참여할 것을 강하게 요구한다.

9·11테러 직후 대부분의 유럽인들은 희생자들에게 강한 연민과 연대감을 표현한다.(마코비츠 2008 : 190) 유럽인들은 9·11테러를 미국에 대한 공격을 넘어서 서구의 생활방식 내지 자유와 평등과 같은 서구의 가치에 대한 공격이라고 간주하면서 우리라는 감정을 고취시킨다. 9·11테러가 발생한 직후 유럽연합 회원국들은 미국을 강력하게 지지하고, 미국과 함께 테러를 규탄하면서 미국에 군사적 지원을 약속한다. 나토 헌장 5조에 따라 미국에 대한 테러를 나토 회원국 모두에 대한 공격으로 간주하면서 테러와의 전쟁에 미국과 함께 참여하기로 한다.(최수경 2004 : 230) 공동의 위험한 적에 대해서 함께 대응할 필요성을 인식함으로써 9·11테러를 계기로 유럽과 미국 간의 새로운 협력의 장이 열리는 듯 보였다.

제2차 세계대전 후 분단 상황에서 독일은 강력한 우방국이었던 미국과 민주주의, 인권, 경제, 법 등에 대한 기본 가치를 공유하였고, 독일의 경제적, 정치적 발전에 미국도 기여했기 때문에 전체적으로 미국과 호의적인 관계를 이어왔다.(Kelleter · Knöbl 2006 : 86 참조) 슈뢰더 독일총리는 테러가 발생한 다음날인 2001년 9월 12일에 아래와 같이 정부 성명Regierungserklärung을 발표한다.

뉴욕과 워싱턴에서의 어제의 테러는 미합중국에 대한 공격만이 아니라 문명화된 전 세계에 대한 전쟁선포이다. 이런 식의 테러 폭력, 죄 없는 생명을 가리지 않고 말살시키는 것은 우리 문명의 기본규칙을 불확실하게 만든다. 그것은 자유와 안정 속에서의 인간적인 공동 삶의 원칙을 직접 위협한다. (…중략…) 우리는 함께 미국이건, 유럽이건, 세상 어디건 이러한 가치가 파괴되지 않도록 할 것이다. 사실 점점 더 드러나듯이 우리는 이미 하나의 세계이다. 그래서 유엔이 있는 뉴욕과 워싱턴에 대한 공격은 우리 모두를 향한 것이다.

— Heydemann · Gülzau 2010 : 34f

슈뢰더 총리는 미국에 대한 테러를 세계 전체에 대한 공격으로 간주하고, 문명을 단수로 사용함으로써 함께 연대하지 않는 자들을 야만으로 분류한다. 또한 테러를 하나의 전쟁 선포라고 규정지음으로써 미국과 유사한 입장을 발표한다. 부시 대통령에게 슈뢰더 총리는 어려운 시간에 독일 국민들은 미국의 편에 서 있다고 확언하면서 "조건 없는 연대uneingeschränkte Solidarität"를 약속한다. 독일 국방장관 페터 슈트루크Peter Struck도 2001년 9월 2일에 "오늘 우리는 모두 미국인이다Heute sind wir alle Amerikaner"라고 발표함으로써 미국과의 연대감을 표현한다.(마코비츠 2008 : 195)

독일 정부의 미국에 대한 연대에 독일인의 47퍼센트는 동감했으나 42퍼센트는 반대 의사를 표현했다. 반대한 사람들은 중동에서 그동안 수행한, 베트남전쟁부터 현재의 세계화에 영향을 끼치는 미국의 패권적인 외교정책이 9·11테러를 초래했다는 의견을 제시한다.

빔 벤더스는 테러가 일어날 당시 미국은 경제적으로 침체기에 있었고, 9·11로 인해 아메리칸 드림은 깨졌다고 말한다.(Reverse Angle 2004 : 6 참조) 기술 분야에 과감하게 투자했으나 이에 대한 수익이 기대를 충족시키지 못했고, 2000년 대통령 선거 전에 미국의 경제성장은 둔화되기 시작했다.(포르트 2012 : 20 참조) 9·11테러는 둔화된 경제 성장과 경험이 부족한 대통령의 취임 등 혼란한 상황에서 발생하였다. 벤더스는 전 세계인들이 미국을 여러 면에서 실패한 나라로 평가한다고 말한다.(Reverse Angle 2004 : 6) 그러나 대부분의 미국인들이 자국에서 주는 정보에만 의존하고 있기 때문에 이러한 실패를 인지하지 못하고 있고, 그들이 여행을 한다면 미국에 대한 분노와 유보적인 태도를 볼 수 있을 것이라고 설명한다.(Reverse Angle 2004 : 6) 더 나아가 벤더스는 이러한 사태가 온 것에 미국 정부의 책임이 크다고 피력한다.(Reverse Angle 2004 : 6)

2) 테러와의 전쟁

아프가니스탄을 지배하고 있는 정치 세력 탈레반Taliban이 9·11테러의 범인으로 지목된 빈 라덴이 이끄는 조직인 알 카에다를 지원하고 있고, 알 카에다를 이끄는 빈 라덴이 아프가니스탄에 머무르고 있기 때문에 첫 번째 공격 목표는 아프가니스탄으로 정해진다. 미국과 영국 연합군은 두 달 만에 아프가니스탄 전역을 함락시키고, 탈레반 정권을 붕괴시켰다.

미국은 아프가니스탄전쟁을 통해 지정학적으로 유럽지역의 러시아에서부터 중국까지 뻗어 있는 광대한 땅의 심장부에 위치하고 있는 중앙아시아에 중요한 군사적 교두보를 확보하게 된다. 이로써 중앙아시아 지역에서 미국의 영향력을 증가시키고, 이 지역의 석유와 천연가스를 통제하게 된다.(최수경 2004 : 230 참조)

아프가니스탄전쟁은 국제테러 조직에 대해 여러 나라가 다국적군을 구성하여 싸운 최초의 전쟁이었다. 미국은 그동안 인권침해, 소수민족 탄압, 대량 살상무기 확산 등을 이유로 견제해 왔던 러시아, 중국, 이란, 리비아, 수단, 우즈베키스탄 등을 반테러 국제연대라는 이름 아래 적극적으로 끌어들인다. 냉전 시대에는 러시아, 그리고 그 이후 탈냉전 시대에는 중국이 미국의 주요한 경쟁 국가였으나 9·11테러를 계기로 테러국가와 악의 축 국가들이 미국의 적대국으로 부상하게 된다. 기존의 동맹관계보다 반테러 전쟁에 대한 지지 정도를 기준으로 새롭게 연합이 형성된 것이다.

테러 전에는 나토를 확대하고, 구소련 국가들과의 협력을 도모하며 러시아의 우방인 이라크 및 유고에 대한 군사행동 등을 통해 러시아의 전략적 위상을 약화시키고자 했으나 테러 이후 미국은 러시아와 협력적 관계를 형성하려고 노력한다. 러시아의 협력이 특히 중요했던 이유는 러시아가 10여 년간 아프가니스탄과의 내

전에서 얻은 경험이 있고, 아프가니스탄 접경지인 타지키스탄과 우즈베키스탄에 여전히 강력한 영향력을 행사하고 있기 때문이다. 러시아는 우즈베키스탄과 타지키스탄의 기지 사용을 허용하고, 아프가니스탄 내전에서 얻은 경험을 이용하여 대탈레반전 및 빈 라덴 체포 작전을 위해 미국과 협력한다.(이태윤 2010 : 336) 러시아는 이렇게 반테러 전쟁에 참여함으로써 체첸 내전에 대한 미국의 지지를 요구하면서 자국의 이익을 챙긴다.(이태윤 2010 : 336)

중국 또한 반테러전쟁을 계기로 미국과의 관계를 경쟁적 관계에서 협력관계로 변화시킨다. 중국이 반테러전쟁에 협력해주는 대가로 미국은 중국의 내전 세력에 대한 반인권적 탄압을 묵인해주고, 중국이 세계무역기구에 가입하는 것을 돕는다.(사이드 2001 : 17 참조)

이로써 반테러전쟁으로 인해 민주주의를 지원하는 일은 후퇴하고, 권위적인 정권이 자기 세력을 확장하는 결과를 낳는다.(Schneider · Kaitinni 2016 : 28 참조) 세계 각국은 미국이 주축이 되는 반테러 연대에 적극적으로 동참하면서 자국의 이익을 챙겼고, 자국의 제도와 법률을 정비하였다.

독일 의회는 유엔의 결정에 따라 다자적 틀에서의 무력개입을 정당화하면서 나토가 주도하는 국제안보지원군에 5,350명을, 항구적 자유 작전에 3,900명을 파병하기로 결정한다.(Jäger 2011 : 482 참조) 독일 정치권 내에서도 무조건적인 연대에 대한 우려가 많았지만 독일 의회는 파병을 찬성하는 336표를 얻음으로써 필요한 표보다 두 표를 더 얻어 파병을 승인하게 된 것이다.(Heydemann·Gülzau 2010 : 14 참조) 이렇게 해서 독일은 1945년 이후 최초로 나토 작전 영역권 밖으로 전투 병력을 파견하게 된다.

당시 반전의 상징처럼 여겨졌던 사민당과 녹색당이 이끄는 좌파연정이 파병에 찬성했다는 것은 통일 후 국제사회에서 새로운 역할을 모색하는 독일의 변화를 보여준다.(정항석 2002 : 46 참조) 제2차 세계대전의 패전국이었기 때문에 파병에 소극적이던 독일은 아프가니스탄전쟁을 계기로 '보통국가화' 내지 '정상국가화'에 가까운 국제적 위치를 찾게 된다.(차주호 2002 : 91) 통일 후 독일국민들도 나치 과거에서 벗어나 자부심을 가지고 정상국가의 위상을 찾길 바란다.(Hellmann 2000 : 55 참조)

9·11테러를 계기로 미국은 68운동 이후 다시 지식인들의 논쟁에서 중심 주제가 된다. 9·11테러 이후 6~8주가 지났을 즈음 아프가니스탄 탈레반 정권에 대한 미국의 공격이 임박했던 2001년 10월 미국에 대한 연대는 진보적 지식인들을 중심으로 분노로 변화했고, 그 분노는 유럽 전역 모든 분야로 확산되었다.(마코비츠 2008 : 17)

빔 벤더스는 9·11테러를 계기로 전 세계가 그 원인을 함께 규명하면서 발전할 수 있었던 기회를 놓친 미국의 정책에 대한 아쉬움을 아래와 같이 표현한다.

그들은 전 세계를 글자그대로 자기편으로 가지고 있었다. 그것은 평화와 연대의 새로운 방식을 위한, 그리고 부유한 나라들과 전 세계의 반을 차지하는 가난한 나라들 사이의 점점 더 커지는 차이를 극복하는 새로운 출발을 위한 엄청난 기회였다. 그것은 오래 걸리지 않았다. 우리 모두는 이 기회가 어떻게 완전히 파괴되는 지를 함께 경험했다.

—Reverse 2004 : 6

제2차 세계대전을 경험한 유럽인들, 특히 이로 인해 대부분의 국토가 폐허가 되는 경험을 한 독일인들에게 전쟁이라는 단어는 두려움과 참혹한 기억을 불러일으킨다. 한 설문조사에 의하면 2000년에는 독일인들의 80%가 미국에게 긍정적인 태도를 보였으나 2002년도에는 60%로 미국에 대한 호감도가 떨어진다.(Butter · Christ · Keller 2011 : 159f.)

미국의 지식인 수전 손택Susan Sontag과 노암 촘스키Noam Chomsky는 전 미국을 순회하면서 테러의 원인을 설명하고, 부시 정권을 비판하는 강연을 이어갔다. 이외에도 많은 미국의 지식인들이 수많은 죄 없는 시민들이 미국 때문에 고통받고 있다는 것을 알렸다. 그러나 대부분의 미국인들은 아프가니스탄전쟁에 찬성했다. 하버마스는 한 인터뷰에서 만약 부시 행정부가 압력과 몰염치한 선전 그리고 노골적으로 공포를 퍼뜨리는 작전을 통해 9·11 충격을 이용하지 않았다면 정치적으로 계명된 미국 국민들이 결코 압도적인 다

수로 전쟁을 승인하지는 않았을 것이라고 설명한다.(하버마스 2009 : 126)

2001년 9월 22일에 독일 브레멘에서 아프가니스탄전쟁을 반대하는 시위가 벌어졌다. 독일의 많은 지식인들은 평화적인 정치적 수단을 대안으로 내세우면서 전쟁으로 이에 반응하는 것이 옳지 못하다고 미국의 정책을 비판했다. 독일 군대를 아프가니스탄전쟁에 파견한 것은 테러에 전쟁으로 대응하는 것이 너무나 많은 시민들을 희생시켜야 하기 때문에 테러를 전쟁행위가 아닌 범죄행위로 취급하던 독일적 사고하고도 상치되는 것이다.(Gareis 2006 : 200) 하버마스, 그라스Günter Grass, 발저Martin Walser, 엔첸스베르거Hans Magnus Enzenberger, 그륀바인Durs Grünbein, 슈트라우스Botho Strauß 와 같은 독일 지식인들이 아프가니스탄전쟁을 반대하는 입장을 발표한다.(Simoni 2009 : 23f.)

아프가니스탄전쟁에 이어서 테러단체에 깊숙이 개입되어 있는 사담 후세인이 개발 중인 대량 살상 무기와 핵무기를 제거하고, 자국민을 고통과 박해에서 신음하게 하는 독재자를 몰아내고, 이라크에 자유와 민주주의를 확립시키겠다는 명분으로 미국은 2003년 3월 20일 이라크전쟁을 개시한다. 이라크에 대한 침략을 허용하는 유엔의 결의안을 획득하지 않고, 미국은 스스로 방어할 권리를 주장하며 전쟁을 선포한 것이다. 미국은 바로 직전에 있는 위험이 아니라도 사전에 예방하기 위한 군사적 권리를 주장하면서 세계 여러 나라의 반대에도 불구하고 이를 실행에 옮긴 것이다. 테러에 대한 군사력의 선제적 사용과 관련하여 설득력 있는 설명도 제공하지 못한 이라크전쟁은 민족권을 침해하고 국제연합 대헌장을 무시한 행위였다.(Jäger 2011 : 549 참조) 미국은 이렇게 국제법을 위반함으로써 강대국들에게 나쁜 영향을 미칠 선례를 남기고, 이로 인해 유럽에서뿐 아니라 세계 여러 나라에서 도덕적 위상을 잃게 된다.

폭격과 지상군의 공격으로 한 달이 안 되어 사담 후세인 체제는 와해되었지만,(포트 2012 : 123) 부시 행정부가 침략의 명분을 내세운 대량살상무기는 결국 발견되지 않는다. 이로써 이라크전쟁의 실질적인 목적이 석유 확보라는 반대파의 주장은 더욱 설득력을 가지게 된다. 이라크 내 시아파와 수니파 간의 갈등으로 인한 내전의 소용돌이로 이슬람 수니파 반군인 이슬람국가Islamic State가 이라크 영토를 빠른 속도로 장악해 나갔다.(최창훈 2014 : 145) 8년 넘게 이어진 전쟁에서 10만 명 이상의 무고한 이라크 민간인이 전쟁으로 목숨을 잃고, 이라크 내 난민수는 270만 명에 이르게 된다.(최창훈 2014 : 144)

유럽은 이라크전쟁에 찬성한 영국이 주도하는 이탈리아, 스페인 등 서유럽 국가들과 동유럽 국가들이 동참한 대서양주의와 전쟁에 반대한 프랑스와 독일이 이끄는 유럽주의로 나뉘게 된다. 미국 국방장관 도널드 럼스펠트Donald Rumsfeld는 이라크전쟁에 대한 찬반에 따라 유럽을 젊은 유럽과 늙은 유럽이라고 구분하여 칭하며 과거의 동맹국들을 분열시키고 자극한다.

유럽연합의 공동외교안보정책이 이라크전쟁이라는 국제정치의 핵심 이슈에 직면해 분열된 양상을 보였고, 이로써 유럽 외교정책의 취약성을 노출시켰다. 대미관계에 관한 유럽연합 회원국들 사이의 의견 차이도 공공연하게 드러났다. 유럽연합 회원국들은 여전히 유럽 전체의 목표보다는 개별 국가의 이익을 우선시함으로써 유럽연합 공통의 외교 안보정책을 수립하기가 어렵다는 것을 보여준다. 이라크전쟁을 계기로 유럽 외교정책의 취약성뿐 아니라 미국과 유럽핵심 국가들의 외교정책의 차이가 드러난 것이다.

독일인 압도적 다수는 국제법을 준수하지 않은 명분 없는 이라크전쟁을 반대했다. 많은 독일인들에게 미국은 국제환경법이나 인권에 대한 국제협약을 무시하는 패권국가로 여겨졌다. 아프가니스탄전쟁을 계기로 지식인을 중심으로 일어난 반전운동은 이라크전쟁으로 인해 독일대중으로 확산된다.

이러한 국내 여론을 의식하여 독일의 총선 캠페인은 반미주의 일색이었다. 총선을 맞이하여 좌파인 집권 사민당이나 우파인 기민당-기사련 연합 총리 후보들은 모두 미국의 독선적인 대외정책을 경쟁적으로 비판함으로써 유권자로부터 보다 많은 지지를 얻어내고자 했다.(나인호 2011 : 226) 슈뢰더 정부도 전쟁에 반대함으로써 선거전에서 유리한 상황을 만들고자 했다. 슈뢰더 총리는 2003년 1월 선거전에서 여론을 의식하여 미국의 길과 대비되는

"독일의 길deutscher Weg"을 가겠다고 하면서 유엔안전보장이사회가 승인하더라도 이라크에 대한 전쟁에 찬성하지 않을 것이라고 공개적으로 밝힌다.(Jäger 2011 : 483; Bundeszentrale für politische Bildung 2003 : 4 참조) 미국은 이라크전쟁이 테러와의 전쟁의 일부라고 공표했지만, 독일은 이라크전쟁을 테러리즘과의 연관관계가 정당화되지 않는 전쟁으로 보았다.(Bundeszentrale für politische Bildung 2003 : 1)

슈뢰더 총리는 뉴욕타임즈와의 인터뷰에서 미국이 이라크와의 갈등을 유엔과의 다자적 합의 속에서 평화적으로 해결하려는 의지가 없다고 비판한다.(Frankfurter Allgemeine 2002) 독일은 냉전 때 미국의 도움 없이는 자국의 안전을 보장할 수 없었기 때문에 미국에 종속적일 수밖에 없었다. 그러나 통일을 통해 독일 정부는 미국으로부터 독립적인 위치를 확보하였고, 이라크전쟁에 대해 주권국가로서 자신의 목소리를 낼 수 있게 된 것이다.

미국은 유엔의 승인 없이 이라크전쟁을 일으킴으로써 서구의 우방국으로부터도 지지를 얻지 못하게 되고, 전 세계에 국제적 합의를 무시하는 패권국가로 인식된다.

3. 영화 〈랜드 오브 플렌티〉

1) 구분과 경계

로트만은 모든 문화는 세계를 내적 공간과 외적 공간으로 나눔으로써 시작된다고 설명한다.(로트만 1998 : 197) 내적 공간은 한정된 폐쇄 공간이고, 외적 공간은 열린 공간이다. 안과 밖, 나의 것 대 남의 것, 문화적인 것 대 야만적인 것, 조화로운 것 대 혼란스러운 것, 중심 대 주변 등 대립되는 개념으로 세계를 구분하는 것이 문화를 규정하는 것의 시작인 것이다. 이렇게 대립되는 개념으로 문화는 경계에 의해 분할된다. 내부의 공간은 교양 있는, 안전한, 조화롭게 조직화된 공간이며 경계 밖의 공간은 다른, 적대적인, 위험한, 혼돈된 공간이다.(로트만 2008 : 29f. 참조) 탈식민주의 이론에서 설명한 피지배자의 문화를 열등한 문화로 규정 짓는 메커니즘과 맥을 같이 한다고 볼 수 있다. 프로이트는 『환상의 미래*Die Zukunft einer Illusion*』(1927)에서 자신의 문화를 이상화하면서 나르시시즘적인 만족감을 상승시키기 위해서 타문화를 평가 절하하는 심리적 메커니즘을 설명한다. 모든 문화에서 문화 외적인 공간의 존재는 존립의 필수 조건이자 자기 정의를 위한 첫걸음에 해당한다고 로트만은 설명한다.(로트만 2008 : 329 참조) 즉, 한 문화는 외부와 경계를 지으며 스스로를 정립한다는 것이다.

폴은 내국과 외국을 분명히 나누어, 외국인은 미국에 대한 잠정적인 침입자나 피해를 가져올 수 있는 위험한 사람이라고 생각한다. 18살에 미국 특수부대원US Special Forces으로 베트남전쟁에 참가했던 그는 30년이 지난 지금 9·11테러가 발생하자 테러와의 전쟁에서 외부의 침입으로부터 나라를 지켜야 한다고 생각한다. 오프닝 시퀀스에서 "승자는 포기하지 않는다. 포기하는 자는 승리하지 못한다. 최악의 상황이 오면 본때를 보여주마! 그게 바로 나다. 그게 나의 나라다Ein Gewinner gibt nie auf. Wer aufgibt, wird nie gewinnen. Wenn's hart auf hart kommt, dann haue ich rein! So bin ich eben. So ist mein Land"(00'02'04)라는 폴의 비장한 목소리가 로스앤젤레스의 야경을 배경으로 들린다. 폴은 미국이 외부와의 전쟁 상황에 있다고 생각하고, 외부의 침입에 단호하게 대처해야 한다고 다짐한다. 조국과 스스로를 동일시하며 자부심을 느끼는 그는 미국은 늘 승리하였고, 승리자로 남아야 한다는 것이다. 그는 자신이 참전한 베트남전쟁이 공산주의를 무너뜨리는 데에 기여했다는 결과론을 내세워 미국이 승리한 전쟁이라고 생각한다. 자동차에 국기를 꽂고 다니고, 애국가를 휴대전화의 벨소리로 사용할 정도로 그는 미국인이라는 것을 자랑스러워한다. 집도, 친구도, 가족도 없는 그는 나라를 지켜야 한다는 신념으로 감시 장비를 구비한 낡은 밴을 몰고 다니면서 도시를 감시한다. 아랍인은 무조건 잠정적인 테러리스트라고 보는 그는 터번을 쓴 아랍인이라는 이유만으로 세제 상자를 운반하는 핫산을 테러용의자라고 생각한다. 9·11테러가 일어나고 시간이 흘러 느슨해진 경계를 푸념하고, 세탁물 세제도 폭탄을 만드는 데 사용될 수 있다고 의심하며 핫산을 추적한다.

세계를 선과 악 내지 아군과 적의 대립구조로 구분하는 폴은 로 트만의 이항대립의 모델이 실제로 어떻게 작동하는지 극단적으 로 보여준다. 이러한 구분은 미국 정부와 미디어에 의해 부추겨진 다. 벤더스는 다른 나라와 경계를 맞대고 사는 유럽인들에 비해 미 국인들이 여행을 하지 않고 자기 나라에만 머물면서 세계정세에 어두워 자기애에 빠져 있다고 설명한다.(Behrens 2004) 또한 9 · 11 이후에 미국인들의 두려움은 공격성으로 변했고, 부시 대통령은 이러한 상황을 부추기면서 공격적인 정치를 펼치고 있다는 것이 다.(Behrens 2004)

공항에 도착한 라나를 아버지의 지인인 목사 헨리Henry가 데리 러 온다. 텐트를 치고 거리에서 노숙하고 있는 많은 사람들을 보고 놀라는 라나에게 헨리는 로스앤젤레스에서는 적어도 얼어 죽지는 않기 때문에 많은 빈민들이 몰려든다고 설명한다. 그는 자조석인 어조로 로스앤젤레스를 "기아의 미국수도die amerikanische Hauptstadt des Hungers"(00'10'22)라고 일컫는다. 이러한 빈곤에 대해서 정부는 아무런 대책도 세우지 않고, 미디어는 이라크에 대해서는 보도하 지만 이러한 가난에 대해서는 알려주지 않는다고 비판한다. 또한 이라크가 아니라면 다른 무엇인가를 만들어 낼 것이라고 말한다. 이는 미국 정부가 국내의 문제를 덮기 위해서 테러와의 전쟁을 벌이고 있다는 것을 간접적으로 시사하는 것이다. 그리고 사람들은 모든 거짓을 그냥 받아들기만 한다고 덧붙인다. 헨리는 잘못된 정보를 주입하는 정부와 미디어도 비판하지만 무비판적인 미국시민도 비난하는 것이다. 폴은 정부와 미디어에 의해 의도적으로 조작된 애국심에 젖어 정부정책을 무비판적으로 수용하는 보통의 미국인을 대변한다.

이렇게 나의 구역과 타인의 구역을 철저하게 나누는 폴과는 반대로 핫산에게 이러한 구역 구분은 무의미하다. 선교원에서 음식을 나눠주며 라나가 어디서 왔냐고 그에게 묻자 핫산은 "내 고향은 장소가 아니라 사람이에요 Meine Heimat ist kein Ort, es sind die Menschen"(00'34'24)라고 답한다. 그에게 고향은 장소가 아니라 자신이 사랑하는 사람이 있는 곳이기 때문에 이러한 구역 구분은 무의미하다.

폴과 라나는 같은 미국인이고, 심지어 미국에 있는 유일한 혈육이지만 전혀 다른 생각과 행동을 하는 상반된 인물이다. 오프닝 시퀀스는 비행기 안에서 잠이 든 라나의 모습을 보여준 다음에 연이어 폴의 결의에 찬 목소리가 흐르면서 두 사람의 대비를 보여준다. 두 인물의 대비는 영상 연출로도 표현된다. 라나와 폴이 처음으로 통화하는 장면에서 화면은 좌우 둘로 분할되어, 왼쪽을 향한 라나와 오른쪽을 향한 폴이 실제로 서로 마주보는 듯이 보인다.(박시성 2007 : 146) 폴과 라나가 핫산에 대해 이야기를 나눌 때 자동차 사이드 미러에 비친 폴은 라나와 화면에 나란히 함께 보인다. 이러한 카메라 워크는 두 사람을 대비시키고, 서로 다른 세계가 충돌하는 느낌을 준다.(박시성 2007 : 147) 또한 사이드미러에서 보이는 폴의 모습은 그가 편협한 틀 안에 갇혀 있다는 것을 암시한다. 미국에서 태어났지만 아프리카에서 자라고 팔레스타인 웨스트뱅크에서 9·11을 경험한 라나는 외부와의 경계에 서 있는 인물이다. 9·11 테러 당시 테러범들이 아닌 평범한 팔레스타인 시민들이 환호하는 것을 보고 많은 사람들이 자신의 조국인 미국을 미워하고 있다는 사실을 알게 된 그녀는 그 이유를 찾고자 한다. 문화 간의 갈등을 이해와 용서로 해소하려는 평화주의자인 그녀가 9·11테러를 이해하고 조국을 사랑하는 방식은 폴과 전혀 다르다.

두 사람이 미국의 상황을 기록하는 방식에도 차이가 난다. 폴은 자신이 보고 경험한 것을 감시 카메라를 통해 영상으로 기록하고, 자신이 본 것을 설명하는 목소리를 남긴다. 반면 라나는 팔레스타인에 있는 친한 친구와 매일 채팅을 하며 미국에서 경험한 것을 보고한다.

이렇게 미국 외부에서 미국을 어떻게 바라보고 생각하는지 알고 있고, 외국에 있는 친구에게 조국에서 일어나고 있는 일을 보고하는 라나는 미국문화의 경계에 서 있는 경계인이자 주변인이라고 할 수 있다. 그녀는 조국에 돌아왔지만 낯설고, 외롭고, 두렵다고 하면서 도움을 요청하는 기도를 한다.

로트만에게 문화를 기술하는 공간적 메타언어의 핵심적인 요소는 안과 밖을 가르는 경계이다. 경계는 언제나 변경을 맞댄 두 문화, 인접한 두 기호계 모두에 속하며, 이점에서 본질상 이중언어적이고 복수언어적이다.(김수환 2011 : 342) 경계는 외부의 항시적인 영향과 침투에 노출되어 있으면서 외적인 것이 내적인 것으로 치환되는 장소이기도 하다. 따라서 경계는 구별과 분리뿐만 아니라 연결과 결합이라는 기능을 가지고 있다. 경계는 분리와 통합, 즉 경계 긋기와 경계 넘기를 모두 수행할 수 있는 양면적인 공간인 것이다. 경계에 서있는 라나는 경계에 서 있으면서 서로 다른 문화의 영향을 받으면서 두 문화를 연결하는 역할을 한다.

문화는 그것의 내부를 외부로부터 분리시키는 일차적 경계 이외에도 그 내부를 채우고 있는 수많은 내적 경계들로 가득 차 있다고 로트만은 설명한다. 이 영화에는 이렇게 대비되는 대표적인 두 인물뿐만 아니라 다양한 방식으로 타문화를 대하고 반응하는 미국인들을 보여주고 있다. 라나가 폴과 함께 핫산의 이복형을 찾아 트로나Trona에 도착해 낯선 집의 문을 두드렸을 때 중년의 백인 여성이 나온다. 망원경으로 낯선 라나를 감시하다가 나온 그녀는 경계심을 풀지 않는다. 타자를 의심하고 경계하는 점은 폴과 일맥상통하지만 수동적으로 머문다는 점에서는 폴과 상이하다. 어려움에 처한 사람들을 돕고 그들에게 희망의 메시지를 전파하는 헨리 목사도 라나와 같은 평화주의자이지만 정부정책에 대해서는 신랄하게 비판한다. 핫산의 이복형은 처음 만난 라나와 폴을 따뜻하게 맞이하며 자신의 가족에 대해서 거리낌 없이 이야기한다. 미국에서 의심과 천대를 받고 살아가지만 인간에 대한 신뢰와 애정을 잃지 않은 외국인들과 빈민들 모두 미국문화를 이루는 요소들이다. 이렇게 미국문화는 생각이 다른 다양한 사람들의 구역을 나누는 수많은 경계들로 이루어져 있다.

2) 트라우마와 기억

그의 마지막 저서 『문화와 폭발*Kultur und Explosion*』(1992)에서 로트만은 그동안의 연구 성과를 종합하여 90년대 초반 구소련의 붕괴를 목도하면서 폭발의 형태를 띠는 급격하고 불연속적인 문화적 변화에 대한 이론을 개진한다. 폭발적 변화의 계기가 되는 사건이 벌어지면 그동안의 메커니즘이 작동을 멈추고, 선형적 과정으로서의 역사적 흐름이 중단되고, 그 흐름을 주관하는 인과성의 법칙이 더 이상 적용되지 않는다. 이러한 시기는 연속적 과정들의 시간성에서 벗어나 있는 것처럼 "탈구된 시간성"으로 경험된다.(로트만 2014 : 333 참조) 이때 이전의 모든 과정이 일시적으로 중단되고, 미래의 방향이 비결정성의 문턱에 머무는 것이다.(로트만 2014 : 310) 폭발은 점진적이고 예측 가능한 문화적 자기 인식의 연속적 과정 중에 갑작스레 발생한 파국의 순간이다.(로트만 2014 : 310) 폭발의 상황은 현재 벌어지고 있고, 또 앞으로 벌어질 일들에 대해 이미 결정된 의미를 부여하는 것이 불가능한 상태라고 할 수 있다.(김수환 2012 : 48) 여기엔 사건의 의미와 무의미성을 결정할 수 있는 규범도, 코드도, 법칙도 없는 것이다.(김수환 2012 : 48) 폭발은 미래의 발전을 위한 출발점을 제공하고, 동시에 새로운 자기인식의 지점을 형성한다. 새로운 단계의 시작을 의미하는 폭발은 지나온 과정을 회고적으로 의미화하면서 새로운 정체성을 형성하는 계기를 제공한다. 이러한 폭발적인 현상은 역사적 사건, 시대를 특징짓는 발명 및 발견들, 지대한 영향과 흔적을 남긴 개인들의 행위를 통해 발생한다고 그는 설명한다. 테러도 이러한 폭발적인 현상을 가능하게 하는 사건에 해당한다고 할 수 있다. 9 · 11테러는 관련된 문화구성원들에게 인식의 연속성을 멈추는 트라우마가 되고, 이 트라우마는 개인적으로나 집단적으로 획기적인 변화를 가져오는 중요한 계기가 된다.

폴에게 9 · 11테러는 베트남전쟁에서 경험한 트라우마를 다시 기억하게 한다. 그가 탄 헬리콥터는 폭격에 맞아 추락했고, 그는 거기서 간신히 살아남는다. 그는 또한 베트남전쟁에서 미군이 살포한 고엽제에 의해 30년이 지난 지금도 고통을 겪고 있다. 그는 베트남전쟁으로 영혼과 육체에 손상을 입은 것이다. 그는 라나에게 9 · 11테러 이후 베트남전쟁에 관한 악몽을 다시 꾸게 되었다고 고백한다. 현재의 트라우마는 과거의 트라우마를 다시 기억하게 하는 것이다.

프로이트는 트라우마를 심리적으로 해결할 능력을 넘어서는 자극의 쇄도로 규정짓는다. 짧은 시간 안에 엄청난 심리적 자극을 받아 정상적인 방법으로 소화하거나 삶의 맥락과 연결시켜 이해할 수 없는 기호가 그 원인이 된다. 트라우마적 체험에서의 강도 높은 자극은 익숙한 방식으로 이해되거나 해소될 수 없기 때문에 자아는 트라우마에 고착되고, 정신 에너지의 운영 과정은 지속적으로 교란된다. 트라우마는 두려움, 무력감, 분노, 불신, 죄책감, 통제 상실, 분열과 같은 증상을 가져온다. 프로이트에 따르면 수동적으로 경험한 사건으로 인해 트라우마를 갖게 된 자아는 외상에 고착되어 심리적으로 극복하기 위해 적극적으로 트라우마적 상황을 반복한다.

9·11테러로 인해 폴은 그동안 억압되어 있었던 베트남전쟁에서 겪은 트라우마를 다시 기억하게 된다. 폴은 트라우마를 극복하기 위해 강박적 망상에 사로잡혀 전쟁 상황을 반복하고 있는 것이다. 그는 모든 외국인은 미국을 위협하는 적이라고 상정하고, 그들과의 전쟁에서 승리해야 한다고 생각한다. 적이 언제든지 침입할 수 있기 때문에 밤낮으로 감시해야 한다는 것이다. 강물에서 보툴리누스 독소가 검출되지 않는지, 아랍인이 세제를 이용해 폭탄을 만들고 있지 않는지를 신경질적으로 염려하는 것이다. 그는 고엽제의 후유증으로 고통을 느낄 때마다 베트남전쟁에서 만난 적들을 떠오르며 전의를 새롭게 다진다. 베트남의 적들에게 욕설을 퍼부으면서 폴은 9·11테러를 일으킨 범인들의 사진을 바라본다. 폴에게 그들 모두는 미국을 위협하는 동일한 적인 것이다. 폴의 소화

되지 않은 트라우마는 현재의 테러에 대한 인식에 영향을 미친다. 이러한 폴의 공포와 망상은 테러의 원인을 규명하기보다는 테러를 일으킨 자들을 악으로 규정하고 테러와의 전쟁을 선포하는 미국 정부와 미디어에 의해 부추겨진다. 그는 미국 정부가 오용하는 애국주의의 희생자라고 볼 수 있다.

프로이트는 성적 유혹을 예로 들어 트라우마와 억압 그리고 기억의 상관관계를 설명한다. 트라우마적 체험에 사용되는 방어의 기제는 억압이다. 이러한 억압은 언어적 표현을 교란시키고 기억을 방해한다. 그러나 이러한 체험을 연상하게 하는 사후 체험에 의해 다시 기억하게 되면서 환자는 자아의 방어를 넘어서는 자극의 쇄도를 경험하게 된다. 그러므로 트라우마적 체험에 가치를 부여하는 것은 사후 경험에 의한 기억이라고 할 수 있다. 이렇게 현재의 경험이나 욕망이 과거의 기억에 영향을 끼치는 것을 사후작용 Nachträglichkeit이라고 한다.

프로이트는 사람들이 어린 시절의 사건을 기억할 때 어떤 경험은 은폐하면서 그 대신 무의미해 보이는 사소한 것을 선명하게 기억한다는 사실을 발견하게 된다. 또한 그는 이렇게 어떤 중요한 경험을 은폐하면서 그 대신 사소한 경험을 기억하는 것을 덮개 기억 Deckerinnerung이라고 정의한다. 따라서 기억도 실수, 꿈, 증상과 같이 무의식에서 일어나는 억압과 방어 사이의 타협적 형성물인 것이다. 결국 기억은 기억되는 순간의 상황에 의해 계속 변형되고 재

창조되는 것이다. 이런 이유로 프로이트는 "기억은 흔히 말하듯이 떠오르는 것이 아니라 떠오를 때 만들어지는 것이다"라고 설명한다.(프로이트 2005 : 79)

불필요한 간섭이었다고 비판을 받으면서 미국의 패배로 끝난 베트남전쟁을 폴은 미국이 승리한 전쟁이라고 평가한다. 폴은 베트남전쟁이 냉전 중에 공산주의의 확산을 막고 냉전의 승리를 가져왔다고 생각한다. 전쟁에서 많은 사람을 살해한 자기 자신을 정당화하고 자신의 고통이 무의미한 전쟁 때문이라는 것을 인정할 수 없는 폴은 과거의 현실을 은폐하고 과거를 왜곡하여 구성하는 것이다. 바로 이러한 잘못된 기억인 덮개 기억은 심리적 정당화와 함께 악을 응징하는 정의로운 미국에 대한 환상과 잘못된 애국주의적 신념에서 비롯된다. 현재의 신념은 과거의 트라우마의 영향하에 형성되고, 과거에 대한 기억은 현재의 신념에 의거하여 구성되는 것이다.

로트만은 문화를 정보들과 그 정보의 조직 및 보존을 위한 수단들의 총체라고 규정하면서 문화는 사후적으로만 인식되는 기억에 의해 구성된다고 설명한다.(로트만 2008 : 69 참조) 문화는 발생의 순간에 그 자체로서 기록될 수 없기 때문에 오직 사후적으로만 인식된다는 것이다. 그리고 일련의 연속된 사실들을 기억하는 것은 불가피하게 취사선택을 동반한다고 한다.(로트만 2008 : 72 참조) 문화는 체계적인 배제와 포함, 망각과 재생 또는 기억을 통해 의미를 축적하는 것이다. 무질서한 연상들의 조직화를 통해서 기억이 재조직화된다는 로트만의 이론은 잠재되었던 기억이 사후에 재규정된다는 프로이트의 사후작용 이론과 통한다.

3) 대화와 자기기술

로트만은 문화는 사유하는 조직체로서 기존의 정보와 기억을 재활성화하고, 새로운 코드를 통해 재조직화하면서 자기 자신에게 메시지를 발송하는 거대한 자기커뮤니케이션 메커니즘이라고 설명한다.(김수환 2013 : 70 참조) 프로이트가 문화 과정이 개인 심리의 메커니즘과 유사하게 작동한다는 전제에서 문화분석 이론을 제시하는 것처럼 로트만도 개인 인격의 재구성 과정을 문화라는 거대체계 자체의 구성 및 작동원리로 상정하는 것이다.(유리 로트만 2008 : 125; Goak 2004 참조)

로트만은 문화학이 이러한 자기커뮤니케이션을 통해 문화가 기억을 재활성하며 자기 자신을 이해하여 자기 자신을 기술하는 방식, 즉 문화의 자기기술을 취급하는 학문이라고 설명한다. 문화는 자기커뮤니케이션을 통해 기억 속에 축적되어 있는 무질서한 연상들을 조직화하면서 자기기술을 하는 것이다.(김수환 2011 : 249 참조) 그러나 기억은 취사선택하는 자기커뮤니케이션의 메커니즘에 의해 어쩔 수 없이 변형·왜곡되게 된다.

억압된 기억이 무의식 속에 남아 있다고 설명하는 프로이트처럼,

로트만도 문화의 자기기술 과정에서 체계 외적인 요소로서 배제되는 것들은 체계의 주변에 비축된다고 본다. 중심은 문화의 규범과 규칙을 산출하지만 주변으로 갈수록 이러한 규범의 영향력은 약화되고, 조직화의 엄격성도 감소된다. 자기기술 과정에서 이러한 주변부는 흔히 부정된다. 그러나 배제된 기억이 비축되어 있고, 규범의 영향력도 약화되어 외부와의 경계를 이루고 있는 주변은 외부의 새로움을 먼저 접하면서 중심을 대체할 미래의 동력이 생겨나는 곳이고, 변화의 시발점이 되는 곳이다.(김수환 2011 : 351 참조)

이러한 주변에 대한 로트만의 이론은 탈식민주의 이론가 호미 바바Homi K.Bhabha의 '제3의 공간Third Space' 이론과 유사하다.(Lotman 2010 : 401 참조) 어디에도 속하지 않는 열린 공간을 바바는 "제3의 공간"이라고 지칭한다. 이러한 공간에서는 자아와 타자, 내부와 외부의 이원성이 무너지고, 경계선을 해체해 주체가 타자와 대화하고 교섭하며 새로운 주체성을 형성할 수 있다고 설명한다.(Bhabha 2000 : 58 참조) 이러한 "제3의 공간"은 새로운 혼종적이고 전환적인 정체성이 창출되는 공간이고, 동질화가 불가능한 문화들 간의 협상을 가능하게 하며 어디에도 소속되지 않은, 경계를 넘나드는 존재들을 생존하게 한다.

문화는 스스로를 기술하고 규정하면서 아울러 스스로의 영역을 깨뜨리고 확장하려는 역동적 성격을 가지고 있다고 로트만은 설명한다. 기존의 질서를 유지하려는 힘과 질서로부터 벗어나려는 힘 사이의 긴장과 대립이 존재하는 것이다. 중심과 주변 그리고 내부와 외부 사이의 갈등과 투쟁을 통해 문화는 스스로의 영역을 넓히면서 스스로를 갱신하는 것이다.

낯선 언어들이 서로 충돌하는 공간과 예측 불가능한 가능성들을 여는 폭발은 문화의 역동적 성격에 계기를 마련한다.(유리 로트만 2014 : 228 참조) 테러와 같은 폭발적 변화를 가져오는 사건이 발생하면 주변지대에 보존되어 있는 기억들이 활성화되고, 주변과 중심 사이에는 활발한 상호 작용이 일어나고, 이러한 상호 작용을 통해 경계 너머로 돌파할 수 있는 가능성이 열리는 것이다.(유리 로트만 2014 : 47 참조) 폭발은 한시적으로 망각되었으나 비축된 텍스트들을 재생시키며 과거에 속하는 다양한 텍스트와 현재의 문화 사이의 끊임없는 대화를 추동한다. 자기기술에서 망각되었던 텍스트들이 부활한다는 로트만의 생각은 프로이트가 억압된 기억은 끊임없이 인식되기 위해 회귀하며 이것이 현재의 욕망에 의해 변형되어 재생된다는 생각과 유사하다.

주변에서는 코드 간의 차이로 문화 간의 번역이 제대로 이루어지지 않고, "번역 불가능성의 상황에서의 번역translation in the case of nontranslability"이 이루어진다.(김수환 2009 : 92 참조) 힘겹고 부정확한 번역을 창출하는 이 과정은 반드시 번역되지 않는 여분의 잔여를 만들어내고, 바로 이 여분, 번역되지 않는 잔여가 새로운 번역을 시작하게 한다.(김수환 2009, 92 참조) 로트만은 이 부정확한 번역을 통과한 이후에는 결코 본래의 텍스트를 가역적으로 되돌릴 수 없다고 한다. 그는 새로운 의미의 발생을 수반하는 이런 비가역적 번역이 일어나는 소통을 대화라고 규정한다.(김수환 2009 : 92 참조) 즉, 상이한 코드로 인해 이해하기 불가능한 기호를 이해하는 것을 대화라고 보고, 이러한 대화가 문화의 변화를 가져온다는 것이다.

로트만은 타문화와의 상호 작용이 자기인식을 위해 필수적이라고 생각한다. 즉, 자기인식은 상이한 코드로 인한 외부와의 힘겨운 대화 속에서만 가능하다는 것이다. 그리고 이러한 자기인식은 원인과 결과를 규명하면서 새로운 자기기술을 가능하게 한다. 9·11 테러와 같은 혼란 상황에서는 상이한 코드를 가진 문화권과 상호 작용이 활발히 일어나면서 어느 때보다도 잠복해 있던 기억이 활성화된다. 이러한 과정을 통해 새로운 자기인식과 자기기술에 이르게 되는 것이다. 이런 과정에서 경계가 돌파되고, 중심과 주변이 뒤섞이면서 미래의 모든 가능성이 열린다.

라나는 엄마가 보낸 편지들에 답장을 하지 않는 삼촌에게 세상을 떠나기 전에 엄마가 쓴 마지막 편지를 전하고자 그녀의 유일한 혈육인 폴을 찾아 나선다. 그러나 도시를 감시하는 일에 몰두한 폴은 그녀를 반기지 않는다. 서로 전화로만 목소리를 확인했던 라나와 폴은 핫산의 살해현장에서 우연히 만나게 된다. 폴은 보락스Borax라는 세제 상자를 옮기고 있는 그를 테러리스트로 의심하며 쫓고 있었고, 이제 막 선교원에서 봉사활동을 시작한 라나는 핫산에게 점심을 배식한 것을 계기로 그와 인사를 나눈 뒤였다. 서로 다른 목적이지만 그 둘은 핫산의 이복형이 살고 있는 사막의 도시 트로나로 떠난다. 폴은 핫산의 죽음이 테러 집단과 관계가 있다며 그 근거지를 소탕하겠다고 나선 것이고, 라나는 핫산의 시신을 친척에게 인도하기 위해 함께 떠난다.

트로나로 가는 여정에서 폴은 미국이 어떤 나라인지 그녀의 엄마가 가르쳤어야 한다고 라나에게 말한다. 라나는 미국이 어떠해야 한다는 것을 엄마에게서 배웠고, 그래서 조국에 돌아왔다고 대답한다. 폴에게는 미국이 이미 이상적인 나라이지만 라나에게는 아직 문제가 많은 나라인 것이다. 이러한 라나의 대답을 폴은 이해하지 못한다. 트로나에 도착해 라나는 핫산의 이복형을 방문하고, 폴은 핫산의 시신을 교회에 옮기고, 테러 집단의 배후를 살피고자 잠시 헤어진다. 아무 두려움 없이 차에서 내리는 라나를 폴은 나무라면서 무전기와 자기 방어 무기를 건넨다. 한 가족이지만 전혀 다른 코드 체계와 다른 세상에서 사는 두 사람은 서로를 이해하지 못한다. 라나는 단지 불쌍하게 죽은 이방인의 친척을 만나고자 하는데 무전기까지 챙겨주는 폴을 이해할 수 없고, 테러리스트의 친척을 만나는 데 아무 준비 없이 나서는 라나를 폴은 이해하지 못한다.

폴은 테러의 배후를 찾아 추적하다가 죽음의 위험을 무릅쓰면서 무장을 하고 용감하게 사람들이 세제 상자를 옮긴 집에 진입한다. 그러나 그 집에는 한 노인이 침대에 누워있을 뿐이다. 그녀는 폴에게 우스꽝스러운 옷을 입고 있다고 하면서 텔레비전 리모컨이 고장 나서 하루 종일 같은 방송만 보아야 한다고 푸념한다. 이때 텔레비전에서는 부시 대통령이 의회에서 전쟁의 정당성을 주장하는 연설 장면이 방영되고 있다. 폴은 텔레비전을 후려쳐 화면에서 부시를 사라지게 한다. 이는 폴이 어처구니없는 상황 속에서 부시의 프로파간다와 이데올로기에서 벗어났다는 것을 상징적으로 보여준다. 뒤이어 폴은 핫산의 이복형과 함께 있는 라나를 만난다. 폴은 이복형으로부터 핫산이 폐업한 회사의 세제를 팔아 생계를 위한 돈을 벌었다는 사실을 듣게 된다. 그리고 폭탄 제조에 사용되었을 것이라고 의심했던 세제는 양탄자를 세탁하는 데 사용되었다는 것을 알게 된다.

폴은 지금까지 그의 감시와 추적이 아무 의미가 없었다는 것을 서서히 깨닫게 된다. 혼란해진 그는 모든 것을, 그리고 자기 자신조차도 통제할 수 없다고 하면서 처음으로 라나에게 자신의 진심을 털어놓는다. 그때 폴을 도와주는 유일한 그의 동료는 전화로 핫산을 죽인 것은 마약에 취한 채 아무 이유 없이 재미로 총질을 해댄 백인 아이들이었다는 사실을 알려준다. 지금까지 믿어오던 세계가 무너진 폴은 그날 밤 만취되어 라나가 기다리는 모텔 방으로 돌아온다. 다시 베트남전쟁에 대한 악몽을 꾸는 폴을 라나는 보살핀다.

다음날 폴은 비로소 오랫동안 외면했던 라나 엄마의 편지를 읽는다. 그리고 폴과 라나는 서로의 트라우마에 대해서 이야기한다. 라나는 9·11테러가 발생하자 팔레스타인의 평범한 사람들이 기뺌의 함성을 지르며 모두 거리로 나와 환호하는 것을 보고 많은 사람들이 미국을 진심으로 싫어한다는 것을 알게 되었고, 이것이 자신의 악몽이 되었다고 폴에게 말한다. 수많은 사람들이 미국을 혐오한다는 사실 때문에 마음이 아팠고, 세상이 잘못 돌아가고 있다는 것을 알게 되었다고 한다. 9·11이 폴에게 베트남전쟁을 다시 기억나게 하듯이 무슬림에게는 서구로부터 당한 억압과 탈취의 기억을 환기시키는 것이다. 라나는 왜 많은 사람들이 미국을 증오하는지를 이해하고자 조국에 돌아온 것이다.

라나는 9·11테러로 인해 미국에 대한 팔레스타인 사람들의 증오를 알게 됨으로써 느꼈던 당혹감이 자신에게 트라우마가 되었다는 것을 인식하고 있다. 그녀는 자신의 문제를 스스로 진단하고, 이를 극복하고자 그 원인을 찾고 있는 것이다. 반면 폴은 자신의 트라우마를 인식하지 못하고, 그 상황을 반복하고 있었던 것이다.

폴은 항상 정의를 실현하고 있다고 믿었기 때문에 목숨을 걸고 수호하려했던 조국을 그렇게 많은 사람들이 미워하고 있다는 것을 처음으로 알게 된다. 그리고 9·11이 전혀 다른 의미로 해석될 수 있다는 것을 깨닫게 된다. 라나는 아무 죄 없이 9·11테러로 인해 희생당한 사람들의 목소리를 듣고 싶다고 한다. 그리고 그녀는 그들이 그들의 이름으로 더 많은 사람들이 살해당하는 것을 분명히 원하지 않을 것이라고 덧붙인다.

서로 다른 세계에 살고 있었기 때문에 서로의 행동을 이해하지 못했던 두 사람은 비로소 대화를 나누게 된다. 그리고 폴은 대화를 통해 혼란한 마음을 정리하고 새로운 인식에 이르게 되는 것이다. 라나의 엄마는 살면서 자신이 믿는 모든 것에 질문을 던지게 되는 순간이 오게 되는데, 이때 라나에게 필요한 용기와 강인함을 주라고 폴에게 부탁한다. 테러는 두 사람에게 지금까지 살아 온 세계에 대해서 질문을 던지게 하는 계기가 된다. 그들은 희생자들의 목소리를 듣기 위해 트로나에서 뉴욕으로 떠난다. 가는 여정에서 "진실 또는 결과Truth or Consequences"라고 쓰인 교통 표지판이 클로즈업되어 보인다. 이는 진실을 찾지 않으면 또 다른 일을 맞이할 것이라는 것을 은유적으로 암시한다. 뉴욕에 도착한 그들은 9·11테러가 벌어진 현장에서 희생자들의 목소리를 듣기 위해 눈을 감고, 영화는 점점 어두워지는 뉴욕 하늘을 비추며 끝난다.

자기의 명령을 따르는 동료 외에 어떤 사람과도 인간적인 접촉이 없었던 폴은 고립된 세계에 살고 있었다. 그는 자신과 다른 세계관을 가지고 있다는 이유로 라나 엄마와 관계를 끊고, 수차례 배달된 그녀의 편지들을 열어보지 않았다. 도시를 감시하면서 폴은 진보적인 사람들을 풍자하는 라디오 방송을 듣는다. 폴은 자신과 생각이 다른 사람들과의 관계를 피하고, 그가 정보를 습득하는 경로도 편향되어 있었다. 그러다 타문화와의 경계에 있는 주변인 라나를 만나게 된다. 처음에 폴은 그녀를 경계하면서 이야기조차 나누려 하지 않다가 서서히 자신의 망상을 인정하게 되면서 소통하

게 된다. 라나가 들려주는 외부의 이야기를 들으며 그는 고립된 공
간을 벗어나 다른 세계로 나아가게 된다.

로트만은 주인공이란 경계를 넘을 수 있는 사람이라고 규정한
다. 그리고 이러한 '주인공에 의한 의미론적 경계의 횡단'을 "사건",
그리고 '사건들의 총체'를 "슈제트shuzet"라고 칭한다.(김수환 2011 :
169 참조) 바로 폴은 자신의 경계를 넘은 사람이라고 할 수 있다.

폭발적 변화를 가져오는 사건이 발생하면 중심과 주변이 뒤섞
이면서 비축된 텍스트들이 재생되어 과거에 속하는 다양한 텍스
트와 현재의 기억 사이에 대화를 추동한다고 로트만은 설명한다.
폴은 과거의 베트남전쟁을 새로운 시각으로 보게 되고, 다투고 헤
어진 후 오랫동안 마음을 닫고 있었던 라나의 엄마와도 그녀가 보
낸 편지를 읽고 화해하게 된다.

과거의 사건이 병이 되는 것은 그 자체의 병리적 성격에서 비롯
될 뿐만 아니라 그것을 기억해내는 현재의 방법에 기인한다. 그러
므로 병의 치료에서 과거를 들춰내는 것 못지않게 병의 주체를 지
배하고 있는 현재의 이데올로기와 욕망을 점검하는 것이 중요하
다. 폴은 자신의 신념과 승리에 대한 욕망이 잘못되었다는 것을 인
식하고, 자신의 두려움과 혼란을 고백하면서 점차 트라우마에서
벗어난다.

4. 나가며

분노의 표현인 9·11테러에 미국은 역시 분노와 이에 대한 응징으로 대응한다. 테러가 발생하자 미국 정부는 테러와의 전쟁을 선포하고 세계 여러 나라에 미국과 연대할 것을 요청한다. 9·11테러는 그 원인을 규명하면서 세계화로 인한 폐해를 교정하고 세계가 연대하는 새로운 출발점이 될 수 있는 계기를 제공한다. 이러한 기회를 놓친 책임은 미국에게 일차적으로 있지만 가까운 우방인 독일도 그 책임을 면하기 어렵다. 미국 정부는 9·11테러와 관련해 자신의 과오는 조금도 인정하지 않고, 이러한 공격을 서구사회가 내세우는 이상적인 가치에 대한 도전이라고 공표하면서 이에 무력으로 대응한다. 미국은 아프가니스탄전쟁을 일으킴으로써 중앙아시아에서 세력을 확장하였고, 독일도 전쟁에 참여함으로써 자신의 국제적 위상을 격상시키는 기회로 삼는다. 서구중심주의에서 벗어나 보편적 합리성에 토대를 둔 성찰과 대화를 촉구하며 아프가니스탄전쟁을 반대하는 지식인들의 의견이 독일인들에게 이슬람문화권에 주목하고, 그들의 문제에 관심을 갖게 하는 계기가 되지만 실제로 독일 정부의 대응 방식에 큰 영향을 끼치지는 못한다.

미국 부시 정권은 아프가니스탄전쟁에 이어서 설득력이 부족한 명분을 내세우면서 국제법을 준수하지 않고 이라크전쟁을 일으킨다. 이로써 독일에서 9·11사태 초기에 나타났던 미국에 대한 성원과 유대감은 서서히 식어가고 미국은 테러의 희생자가 아니라 침략자로 인식되기 시작한다. 아프가니스탄전쟁과 관련해 지식인을 중심으로 형성된 미국 비판적인 태도는 이라크전쟁을 계기로 전 국민으로 확산된다.

슈뢰더 정권은 이러한 여론을 반영하여 명분도 없는 미국의 일 방적 요구에 맞서 주권국가로서의 독일의 입장을 밝힌다. 독일 정 부가 이렇게 중대한 사안에 대해서 미국에 반대하는 의견을 공개 적으로 공표하는 일은 지금까지는 독일 총리에게나 독일 정부에 게 불가능한 일이었다.(Jäger 2011 : 483 참조) 냉전 때에는 독일은 미 국의 확실한 군사적 파트너로서 프랑스와 미국 사이를 중재하는 역할을 하였지만 이라크전쟁에 반대함으로써 제2차 세계대전 후 처음으로 독일은 미국에 반대하여 러시아와 프랑스 편에 서게 된 것이다.

9 · 11테러라는 세계사적 사건에 세계 평화나 발전을 생각하기 보다는 세계 각국은 자국의 이익을 우선적으로 내세우면서 대응 함으로써 갈등과 폭력의 위험성은 더욱 커진다.

테러와의 전쟁이 시작된 이후 테러 집단에 소속된 조직원 수도 크게 늘고, 테러는 그 이전보다 9배 내지 10배 가까이 늘어 이제 국 제적으로 가장 중요한 문제들 중 하나로 대두되고 있다.(이희수 2015 : 220 참조) 무슬림과 이민자 인구가 급속하게 증가하면서 이민자들 에 대한 차별정책이 수립되고, 극우정당의 세력이 확장되면서 앞으 로도 유럽에서 테러가 발생할 가능성은 크다고 예상할 수 있다.

이 글은 〈랜드 오브 플렌티〉에서 미국문화 안에서 서로 다른 세계를 대변하는 두 인물이 대화를 통해 어떻게 트라우마를 극복하고 새로운 자기 인식에 이르게 되는지를 로트만의 문화기호학과 프로이트의 정신분석학을 활용하여 분석하였다. 9·11테러로 인한 트라우마로 인해 망상에 빠져 고통받고 있는 폴은 타문화와의 경계에 있는 라나를 통해 치유의 가능성을 찾는다.

벤더스는 그의 고유한 다큐멘터리적 방식으로 인물들의 행보를 따라가면서 그들의 감정변화를 보여준다. 이때 폴은 정부의 편향되고 왜곡된 정보에 의해 조장되는 잘못된 애국주의에 빠진 전형적인 미국인을 대변한다면, 라나는 벤더스의 이상적인 미국인상을 구현하면서 감독의 생각을 전달하는 역할을 한다. 라나는 미국을 대표하는 가치인 자유와 민주주의 그리고 기독교적 이념에 대하여 새로이 생각하게 만드는 인물이다. 이 영화는 진정한 기독교 정신은 자신과 다른 타인을 악으로 규정하고 응징하는 것이 아니라 타인을 이해하고 타인과 나누는 것을 의미한다는 것을 가난한 자와 함께 하며 도와주려는 라나를 통해 보여준다. 벤더스는 테러 이후의 미국의 상황을 보여주면서 상처받은 미국인들에게 치유의 방안과 함께 미국이 나아가야 방향을 제시한다.

벤더스는 영화 제작 배경을 아래와 같이 밝힌다.

9·11 이후 심리적 공황 상태에 빠진 대부분의 미국인들은 자국의 안

위를 위해 '충성'을 다짐했지만 사실 그들의 애국심은 정부나 언론에 의해 교묘히 악용의 수단으로 전락해버렸다. 나는 여전히 미국과 미국이 수호하는 가치들을 사랑하지만 '자유'와 '민주주의'라는 미명하에 버젓이 자행되는 일련의 '전쟁'들이 바로 그 단어가 지닌 고귀함과 의미를 점점 마모시키고 말았다는 것을 지적하지 않을 수 없다. 그것은 아주 비극적인 일이다. 하지만 영화는 작금의 정치적 그리고 사회적 현실 속에서 '진실'이 결코 완전히 설 자리를 잃은 것은 아니라는 희망으로 만들어졌다.

— 네이버영화, 〈랜드 오브 플렌티〉, 2005

감독은 오용되고 있는 미국적 가치를 새로이 찾고 진실을 알게 되기를 바라는 마음으로 영화를 만들었다고 설명한다.

폴과 라나가 트로나에서 뉴욕까지 밴을 타고 미국 대륙을 가로지르는 여정에서 레너드 코헨Leonard Cohen의 타이틀곡 〈랜드 오브 플렌티〉가 흐르며 영화는 3분간 응축하여 미국의 자연과 도시가 지닌 쓸쓸한 아름다움을 담담하게 보여준다. 벤더스는 코헨의 《열곡의 새 노래Ten new songs》 앨범에 수록된 노래들을 즐겨들었는데 그중에 〈랜드 오브 플렌티〉는 그가 가장 좋아하는 노래였다고 한다.(Reverse Angle 2004 : 8) 〈미국에서의 불안과 소외Angst and Alienation in America〉라는 가제로 영화를 준비하고 있을 때 그는 〈랜드 오브 플렌티〉를 자주 들었고, 어느 순간 이 곡이 영화를 위한 완벽한 곡이라는 확신이 들어 코헨에게 연락을 취했다고 한다.(Reverse Angle 2004 : 8) 코헨은 기꺼이 이 곡의 제목을 영화의 제목으로 사용하는 것을 허락한다. 〈랜드 오브 플렌티〉는 미국의 문제점을 지적하면서 문제가 해결되기를 바라는 간절한 소망을 노래하고 있다. "풍요의 나라에서 언젠가 진실은 빛나리May the lights in The Land of Plenty Shine on the truth some day"라는 가사는 미국에서 언젠가 진실이 빛을 보기 바라는 작품의도와 일치하여 영화의 메시지를 전달하고, 영화에 서정적 깊이를 더한다. "풍요의 나라"라는 가사는 지금의 정신적, 물질적 빈곤을 표현하는 반어적인 의미로 볼 수 있지만 또한 동시에 언제가 그렇게 되길 바란다는 소망이 담겨 있다고 해석할 수 있다.

팔레스타인에 있는 라나의 친구는 이스라엘 시민들이 팔레스타인 시민들과 함께 장벽에 반대하여 시위를 했다고 라나에게 알려준다. 이는 서로 다른 문화에 속한 사람들이 함께 이해하고 연대할 수 있다는 가능성을 보여준다. 라나가 음악을 들으며 옥상에서 춤추는 모습은 이 영화의 가장 아름다운 장면으로 평가받는다. 이 장면은 평화롭고 자유로운 세상에 대한 그리움과 희망을 상징적으로 보여주고 있다.

영화의 엔딩시퀀스에 흐르는 코헨의 〈편지The Letters〉는 영화의 의미를 부각시킨다. 라나 엄마의 편지는 라나가 폴을 찾게 되는 계기가 되고, 라나를 통해 폴은 변화되고 치유된다. 이 영화는 벤더스가 미국에 보낸 편지와 같은 역할을 하면서 그런 변화를 염원하고 있다. 이 영화는 미국의 현실에 대한 날카로운 비판과 함께

9·11테러가 발생한 직후에 모든 정치적인 그리고 이념적인 갈등을 넘어서 많은 나라가 미국과 연대하였을 때 미국이 잘못을 바로잡고 새로이 정립할 기회를 놓친 아쉬움을 담고 있다.(Bickermann 2005 : 223f.) 그리고 폴과 라나의 만남을 통해 9·11테러로 인한 공포와 트라우마를 어떻게 타문화와의 대화를 통해 극복하면서 자기인식에 이르러야 하는지를 제시함으로써 아직 남은 가능성을 애정 어린 마음으로 보여준다.

로트만은 폭발에서는 미래의 방향이 비결정성의 문턱에 서게 되고, 미래의 발전을 위한, 새로운 자기인식의 출발점이 형성된다고 한다. 또한 폭발은 주변과 중심이 서로 상호 작용하면서 새로운 정체성을 형성하는 계기가 된다고 설명한다. 문화 간의 경계에서 발생하는 상호 작용이 문화의 창조적 계기가 될 것이라는 로트만의 이론은 문화 간 상호 작용에서 창조적 혼종성을 모색하는 탈식민주의 이론과 접점을 이룬다.

폭발이 자신의 내적 에너지를 소진하게 되면 자기커뮤니케이션 메커니즘에 의해 폭발적 변화를 야기한 사건은 인과관계의 사슬에 편입된다고 로트만은 설명한다.(로트만 2014 : 108 참조) 즉, 우연적인 요소에 합법적이고 필연적인 성격이 부여되는 것이다. 그리고 이러한 자기기술의 과정에서 사용될 수 있는 이념들만 선택되고, 나머지 것들은 긴 시간 망각된다.(로트만 2014 : 108 참조) 테러로 인해 발생한 트라우마는 현재의 욕망, 과거의 기억, 그리고 여기에 방어적으로 개입하는 환상과 관련이 있으며 그것을 어떻게 처리하느냐에 따라 미래가 결정지어진다. 따라서 구성원들의 기억에 의해 사후작용의 영향으로 기술되는 집단 트라우마는 공동체의 정체성 형성에 중요한 역할을 한다.

로트만은 폭발과 같이 문화적 변화를 가져오는 사건이 벌어지고 시간이 흐르면 의식 메커니즘 속에서 그것을 회고하고, 마지막으로 기억의 구조 속에서 새롭게 이중화(복제)하는데, 이 마지막 층위가 예술 메커니즘의 토대를 이룬다고 설명한다.(로트만 2014 : 253 참조) 예술은 표현이 불가능한 사건을 표현하면서 이제까지 억압되고 무시되었던 주변의 담론을 끌어들이기 때문에 로트만은 예술이 새로운 사고발생의 능동적인 핵심이자 문화의 의미론적 형상의 근원이라고 본다.(로트만·치비얀 2005 : 336 참조) 예술은 현실에서 허용되지 않는 영역들에 자유가 부여되고 대안을 갖지 못하는 것들이 대안을 얻게 되는 가능성을 보여주는 특별한 공간으로 규정된다.(로트만 2014 : 323 참조) 금지된 것들뿐 아니라 불가능한 것들을 가능하게 만드는 공간이기 때문에 현실을 위한 가장 귀중한 의식실험의 무대라고 설명한다. 바로 그 무대 위에서 인간의 진정한 본질과 잠재력이 온전히 드러나고 소진될 수 있는 것이다.(로트만 2014 : 323 참조) 따라서 폭발적 변화를 가져오는 사건을 인식과 발전의 계기로 삼기 위해 예술은 매우 중요한 역할을 한다.

역사적인 퇴행의 시기는 집단 구성원에게 극도로 신화화된 역

사의 외관을 강요한다고 로트만은 피력한다.(로트만 2008 : 74 참조)
그런 신화적 조직화에 부합되지 않은 텍스트를 망각할 것을 강력
하게 요구하는 것이다.(로트만 2008 : 74 참조) 문화적으로 고양된 시
기의 사회적 구조는 집단적 기억에 폭넓은 가능성과 확장성을 제
공할 수 있는 유연하고 역동적인 모델을 만들어내는 반면, 사회적
인 쇠퇴기에는 반드시 집단적 기억 메커니즘의 경화와 용량 축소
의 경향을 동반하게 된다는 것이다.(로트만 2008 : 74 참조)

〈랜드 오브 플렌티〉는 자기기술에 있어 억압되어 있던 기억과
주변 담론을 이끌어내어 대안을 제안하고, 새로운 인식을 고무하
면서 새로운 정체성 형성의 길을 제시한다. 나아가 테러와 같은 폭
발적 변화를 가져오는 사건을 어떻게 새로운 인식과 발전의 기회
로 삼을 수 있을지, 그리고 그로 인한 트라우마를 어떻게 소화해야
하는지에 대한 담론에 의미있는 기여를 한다. 그러나 이러한 영화
가 많은 사람들의 마음을 움직이고, 이러한 움직임이 실제 정치에
영향을 미치기 까지는 멀고 먼 길처럼 보인다. 하지만 인류가 평화
롭게 공존하기 위해서는 포기할 수 없는 일이다.

참고문헌

1차 문헌

Wenders, Wim, *Land of Plenty*, Arthaus DVD, 2005.

2차 문헌

곽정연, 「쾨펜의 소설 『풀밭 위의 비둘기들』에 나타난 문화혼종성」, 『독어교육』 50, 한국
　　독어독문학교육학회, 2011.

_____, 「빔 벤더스의 영화 〈미국인 친구(Der amerikanische Freund)〉(1977)에 나타난 독일과
　　미국의 문화혼종성」, 『독일언어문학』 58, 한국독일언어문학회, 2012.

_____, 「테러와 트라우마 그리고 기억-빔 벤더스의 〈랜드 오브 플렌티〉를 중심으로」,
　　『독일문학』 142, 한국독어독문학회, 2017.

_____, 「9·11테러와 아프가니스탄전쟁에 대한 독일에서의 미국담론」, 『독일언어문학』
　　80, 한국독일언어문학회, 2018.

_____, 「독일에서의 이라크전쟁 관련 미국 담론」, 『독일어문학』 84, 한국독일어문학회,
　　2019.

김수환, 「로트만의 문화기호학-구조적 '대립'에서 비대칭적 '대화'로」, 『기호학연구』 16,
　　한국기호학회, 2004.

_____, 「전체성과 그 잉여들-문화기호학과 정치철학을 중심으로」, 『사회와 철학』 18,
　　사회와철학학회, 2009.

_____, 『사유하는 구조-유리 로트만의 기호학 연구』, 문학과지성사, 2011.

_____, 「러시아 문학(문화) 이론에서 중심-주변 모델의 문제-위상학적 공간성에서 탈
　　구된 시간성으로」, 『슬라브 연구』 28-1, 한국외대 러시아연구소, 2012.

_____, 「소쉬르의 '차이'와 반복-로트만의 "자기커뮤니케이션(autocommunication)"을 중
　　심으로」, 『기호학연구』 37, 한국기호학회, 2013.

_____, 『책에 따라 살기-유리 로트만과 러시아 문화』, 문학과지성사, 2014.

김진, 「하버마스와 테러 시대의 정치신학」, 『철학연구』 103, 대한철학회, 2013.

로트만, 유리, 유재천 역, 『문화기호학』, 문예출판사, 1998.

로트만, 유리, 김수환 역, 『기호계 - 문화연구와 문화기호학』, 문학과지성사, 2008.

_____, 『문화와 폭발』, 아카넷, 2014.

로트만, 유리·치비얀, 유리, 이현숙 역, 『스크린과의 대화』, 우물이있는집, 2005.

마코비츠, 안드레이 S., 김진웅 역, 『미국이 미운 이유』, 일리, 2008.

박시성, 『정신분석의 은밀한 시선 - 라깡의 카우치에서 영화 읽기』, 효형출판, 2007.

보라도리, 지오반나, 손철성 외역, 『테러 시대의 철학 - 하버마스, 데리다와의 대화』, 문학
　　　　과지성사, 2004.

사이드, 에드워드, 성일권 역, 『도전받는 오리엔탈리즘』, 김영사, 2001.

스노우, 낸시·타일러, 필립 M. 편, 이병철 외역, 『21세기 공공외교 핸드북』, 인간사랑, 2003.

신현숙 외, 『기호, 텍스트 그리고 삶』, 월인, 2006.

이근욱, 『이라크전쟁 - 부시의 침공에서 오바마의 철군까지』, 한울아카데미, 2016.

이태윤, 『현대 테러리즘과 국제정치 - 핵 테러리즘의 이론과 실제』, 한국학술정보, 2010.

이희수, 『이슬람 학교 2 - 이희수 교수의 종횡무진 이슬람 강의록, 이슬람 문명, 문화, 극
　　　　단주의와 테러 그리고 석유』, 청아출판사, 2015.

정항석, 『왜 21세기 화두는 미국과 테러인가』, 평민사, 2002.

차주호, 「9·11테러 사건과 일본, 독일의 군사 정체성 변화」, 『국제지역연구』 6-2, 국제지
　　　　역학회, 2002.

촘스키, 노암·아슈카르, 질버트, 강주헌 역, 『촘스키와 아슈카르 중동을 이야기하다 - 중
　　　　동 분쟁과 미국 대외정책의 위험한 관계』, 사계절, 2009.

최수경, 「미국과 유럽연합의 안보협력과 갈등」, 『사회과학연구』 15, 충남대 사회과학연
　　　　구소, 2004.

포르트, 자크, 변광배 역, 『미국, 불안한 제국』, 현실문화, 2012.

프로이트, 지그문트, 임진수 역, 『끝이 있는 분석과 끝이 없는 분석』, 열린책들, 2005.

하버마스, 위르겐, 장은주 역, 『분열된 서구』, 나남, 2009.

Goak, Jeang-yean, 「Die Freudsche Kulturtheorie unter besonderer Berücksichtigung des
　　　　Begriffs "Über-Ich"」, 『독일문학』 90, 한국독어독문학회, 2004.

Behrens, Volker ed., *Wim Wenders: Man of Plenty*, Marburg, 2005.

Bhabha, Homi K., *Die Verortung der Kultur. Mit einem Vorwort von Elisabeth Bronfen*, Tübingen,

2000.

Bickermann, Daniel ed., *Wim Wenders : A Sense of Place-Texte und Interviews*, Frankfurt a. M.,
2005.

Broder, Henryk M. · Mohr, Reinhard, *Kein Krieg, nirgends : Die Deutschen und der Terror*, Berlin,
2002.

Bundeszentrale für politische Bildung ed., *Aus Politik und Zeitgeschichte : die Beilage zur Wochen-
zeitung "Das Parlament"*, B48/2002, 2002.

_____, *Deutsch-amerikanische Beziehungen*, Bonn, 2003.

Butter, Michael · Christ, Birte · Keller Patrick, *9/11. Kein Tag, der die Welt veränderte*, Paderborn,
2011.

Freud, Sigmund, *Studienausgabe* 10, Frankfurt a. M., 1975.

Gareis, Sven Bernhard, *Deutschlands Außen- und Sicherheitspolitik : Eine Einführung*, Opladen &
Farmington Hills, 2006.

Hellmann, Gunther, *Rekonstruktion der "Hegemonie des Machtstaates Deutschland unter modernen
Bedingungen?", Zwischenbilanzen nach zehn Jahren neuer deutscher Außenpolitik* 21, wissen-
schaftlicher Kongress der Deutschen Vereinigung für Politische Wissenschaft an der
Martin-Luther-Universität Halle-Wittenberg 1~5, Oktober 2000.

Heydemann, Günther · Gülzau, Jan ed., *Konsens, Krise und Konflikt : die deutsch-amerikanischen
Beziehungen im Zeichen von Terror und Irak-Krieg, Eine Dokumentation*, Bonn, 2010.

Jäger, Thomas ed., *Deutsche Außenpolitik*, Wiesbaden, 2011.

Kelleter, Frank · Knöbl, Wolfgang ed., *Amerika und Deutschland, Ambivalente Begegnungen*, Göt-
tingen, 2006.

Lorenz, Matthias ed., *Narrative des Entsetzens. Künstlerische, mediale und intellektuelle Deutungen des
11. September 2001*, 2004.

Lotman, Jurij M., *Die Innenwelt des Denkens : Eine semiotische Theorie der Kultur*, Berlin, 2010.

Payk-Heitmann, Andrea, *Fortschreiben, Vermeiden, Erneuern : der Amerikadiskurs deutscher Schrifts-
teller nach dem 11. September 2001*, The Ohio State University Dissertation, 2007.

Reverse Angle ed., *Pressematerial. Land of Plenty*, Berlin, 2004.

Schneider, Wolfgang · Kaitinnis, Anna ed. *Kulturarbeit in Transformationsprozessen : Innenansichten zur , Außenpolitik' des Goethe-Instituts (Auswärtige Kulturpolitik)*, Wiesbaden, 2016.

Simoni, Christian de, *Es war aber auch ein Angriff auf uns selbst: Betroffenheitsgesten in der Literatur nach 9/11*, Marburg, 2009.

Stockhausen, Karlheinz, "Die Transkription des gesamten Pressegespräches : "Huuuh!" Das Pressegespräch am 16. September 2001 im Senatszimmer des Hotel Atlantic in Hamburg mit Karlheinz Stockhausen ", *Musik Texte* 91, 2002.

네이버 영화, 〈랜드 오브 플렌티〉, 2005 (http://movie.naver.com/movie/bi/mi/basic.nhn?code=40845).

위키백과(https://ko.wikipedia.org/wiki/%EA%B3%A0%EC%97%BD%EC%A0%9C).

Behrens, Volker, ""Der Mangel der Amerikaner an Selbstkritik ist das Ergebnis eines langen Entzuges " : Seine Sicht auf die USA : das Interview mit Wim Wenders, Hamburger Abendblatt ", 2004.7.10(http://www.abendblatt.de/kultur-live/kino/article106914540/ Der-Mangel-der-Amerikaner-an-Selbstkritik-ist-das-Ergebnis-eines-langen-Entzuges.html).

Böhmer, Jochen, "Antiamerikanismus " (https://www.zukunft-braucht-erinnerung.de).

Nicodemus, Katja, "Der europäische Freund ", *DIE ZEIT* 42, 2004(http://www.zeit. de/2004/42/Interview_Wenders/seite-2).

Frankfurter Allgemeine ed., *Schröder kritisiert amerikanische Informationspolitik*, 2002.9.5.

갈등을 넘어서 화해로 가는 여정

엘프리데 옐리네크의 극작품을 중심으로

원윤희

1. 엘프리데 옐리네크 – 현실을 마주하다

엘프리데 옐리네크는 1946년 10월 20일 오스트리아 슈타이어 마르크주╢에서 체코계 유대인 아버지와 오스트리아 빈의 부유한 집안 출신인 어머니 사이에서 태어났다. 그녀의 성인 옐리네크는 체코어로 '작은 사슴'에서 유래한 것이다. 그녀의 아버지는 유대계 라는 이유로 직장을 잃고 중병을 앓으며 그림자 같은 존재로 산 반면에, 그녀의 어머니는 아버지의 자리를 메우기 위해서인 것처럼 열심히 일하며 딸을 음악가로 키우기 위해 어릴 때부터 스파르타식 교육을 시켰다. 옐리네크는 어머니의 바람대로 음악에 재능을 보여 빈음악원에서 음악을 전공하기도 했지만 가정환경에서 받는 억압으로 인해 대학 시절 정신과 치료를 받기도 하였다. 그녀는 빈 음악원을 우수하게 졸업한 뒤, 빈대학교에서 연극학과 미술사 등을 공부하며 결국 작가의 길을 택하게 되었다.

1964년 대학을 졸업한 뒤, 전업 작가의 길로 들어서 1967년 시집 『리자의 그림자*Lisas Schatten*』로 데뷔하였다. 1970년에 첫 소설 『우리는 미끼새들이다*Wir Sind Lockvogel Baby*』를 출간하였는데, 이 작품은 여성의 사회적 지위 향상을 위한 투쟁을 다루고 있다.

이후 『연인들*Die Liebhaberinnen*』(1975)과 『피아노 치는 여자*Die Klavier-spielerin*』(1983), 『욕망*Lust*』(1989), 『죽은 자의 아이들*Die Kinder der Toten*』(1995) 등을 집필하며 이름을 알렸다. 특히 하네케Michael Haneke 감독이 2001년에 제작한 영화 〈피아니스트〉로 인해 소설가로서의 옐리네크의 명성이 더 힘을 얻게 되었다.

『피아노 치는 여자』의 여주인공은 자신을 뛰어난 피아니스트로 만들기 위해 스파르타식 교육을 하며 억압한 어머니에 대한 반항을 통해 시민사회의 권력과 굴종관계 등을 파헤치고 있다. 『욕망』은 출간과 동시에 논란의 대상이 되었던 작품으로, 지칠 줄 모르는 남편의 정력을 감내해야 하는 여인의 이야기를 지나치게 외설적으로 다루고 있다는 비판을 받기도 하였다.

소설 외에도 『노라가 남편을 떠난 후 일어난 일 혹은 사회의 지주*Was geschah, nachdem Nora ihren Mann verlassen hatte oder Stützen der Gesellschaften*』(1977), 『클라라 에스, 음악 비극*Clara S. musikalische Tragödie*』(1982), 『부

르크테아터*Burgtheater*』(1985), 『질병 혹은 현대의 여성들 *Krankheit oder moderne Frauen*』(1987), 『구름. 고향*Wolken.Heim*』(1990), 『죽은 자들의 산 *Totenauberg*』(1991), 『스포츠극*ein Sportstück*』(1998) 등의 극작품이 있고 최근에는 『그림자*Schatten*』(2013)와 『그러나 확실하게*Aber sicher!*』(2013) 등이 있다.

옐리네크의 극작품들 역시 발표될 때마다 센세이션을 불러일으켰는데, 옐리네크의 모든 작품에는 페미니즘 · 자본주의 소비사회에 대한 비판 · 소시민 근성 등 세간의 주목을 끄는 다양한 주제가 녹아 있기 때문이다. 또 작품 대부분의 내용이 아주 까다롭고 어려워 일명 '독서 고문자'로 불리기도 한다.

집필 외에도 정치체제 비판에도 앞장서 1974년부터 1991년까지 오스트리아 공산당 당원으로 몸담아 나치 전범 청산운동에 참여하였다. 그러나 외르크 하이더*Jörg Haider*가 이끄는 자유당이 집권 연정에 참가하자 정치적 활동을 그만두고 오스트리아를 범죄의 나라라고 비판하는가 하면, 미국의 이라크전쟁을 공개적으로 비난하는 작품을 쓰기도 하였다.

위의 작품들 외에 『열정*Gier*』(2000), 『순수한 황금*rein Gold*』(2013), 『겨울여행*Winterreise*』(2013) 등이 있으며 홈페이지에서만 볼 수 있는 소설 및 글을 올리고 있다.

하인리히 뵐 문학상(1986), 슈타이어마르크주 문학상(1987), 하인리히 하이네상(2002), 마인츠상(2003) 등을 받았다. 2004년에는 소설 등의 작품을 통해 비범한 언어적 열정으로 사회의 진부한 사상과 행동, 그것에 복종하는 권력의 불합리성을 잘 보여주었다는 공로로 노벨문학상을 받았다. 그 외에 2009년과 2011년, 2018년에는 뮐하임 드라마상을 받기도 하였다.

그녀의 작품들은 갈등이 없는 평화로운 상태의 사회를 묘사하지 않는다. 출판되는 작품마다 일그러진 가정과 사회의 단면을 제시하고 비판하고 있어서 쉽게 읽혀지는 것은 아니지만 이를 통해 작가는 갈등과 타협을 넘어서 화해를 해나가는 여정 중의 한 과정을 제시하고 있는 것이다. 여기서는 그녀의 작품들을 살펴보며 작가가 말하고자 하는 바를 탐색해볼 것이다.

2. 여성들의 혼돈 속 평화 찾기

『노라가 남편을 떠난 후 일어난 일 혹은 사회의 지주』(1977)는 엘리네크의 첫 번째 극작품이다.

1979년 그라츠에서 초연된 작품으로 제목은 헨릭 입센의 『노라 혹은 인형의 집』(1879)과 『사회의 지주』(1877)를 합친 것이다. 1920년대를 시대적 배경으로 18개의 장면으로 구성된 이 작품은 '인형의 집'을 떠난 노라의 인생 여정을 보여준다. 가부장적인 분위기의 집을 과감히 뛰쳐나온 노라는 방직공장에 채용되어 노동자로 일하다가 여성 노동자의 고된 삶에서 벗어나고자 애쓴다. 마침 공장을 방문한 대기업 사장인 봐이강에게 발탁되어 부르조아의 삶을 즐긴다. 그러나 봐이강은 그녀를 단지 사업상의 수단으로 여기고 흥정의 대가로 장관에게 그녀를 넘겨준다. 고급 창녀로 전락한 노라는 결국 봐이강으로부터 버림받고 작은 직물가게를 운영하며 은행이사 직위에서 쫓겨난 전 남편 헬머와 다시 결합하게 된다. 가부장적인 가정에서 벗어나 사회로 뛰어들었던 노라는 자본주의사회의 냉혹한 현실을 실감하고 다시 소시민으로 돌아와 현실과 싸우며 살아간다.

작가는 이 작품에서 100년 전 1870년대 입센의 사회비판에도 불구하고 사회는 여전히 '가부장적' 자본주의사회이며, 이러한 사회에서 여성은 상품이나 성적 도구로 기능하고 있다는 것을 노라를 통해 보여주고 있다. 마르크스주의자인 엘리네크는 다시 남편 곁으로, 가정으로 돌아올 수밖에 없는 노라의 여정을 통해 지금까지 여성해방을 상징하는 이름인 노라가 갖고 있는 허구성을 드러내어 자본주의사회에서의 여성해방의 문제점을 날카롭게 지적하고 있다.

『클라라 에스, 음악 비극』(1982)에서 엘리네크는 실존 인물이었던 독일 낭만주의 음악의 대가 로베르트 슈만과 그의 아내이자 피아니스트인 클라라 슈만, 이탈리아의 대시인 다눈치오의 가상의 만남을 탄생시킨다. 이러한 허구적 만남을 통해 음악사에서 이상적인 남편과 아내로 간주되었던 이들의 예술가로서의 갈등과 남성중심의 예술관, 예술을 자본에 종속시키는 자본주의의 속성 등에 대해 비판하고 있다.

『클라라 에스, 음악 비극』에 등장하는 인물들 열 명 중 일곱 명은 역사적인 실존 인물과 관련이 있다. 이니셜 에스로 표시되는 슈만 가족은 역사 속의 개인에 초점이 맞추어진 것이 아니라 이 작품이 초개인적인 성격을 가지고 있음을 암시한다. 그 밖의 인물로는 피아니스트 루이자 바카라Luisa Baccara가 등장한다. 루이자 바카라는 1918년 다눈치오를 만난 후 자신의 음악적 재능을 묻어 두고 빌라의 안주인 역할에 만족한다. 1911년 다눈치오의 빌라에서 집사로 일한 프랑스인 아엘리스 마조이에Aélis Mazoyer는 사실상 그의 비공식적인 연인이었고 그가 여행할 때마다 동행했으며 마지막 몇 년 간은 루이자 바카라와 함께 지내기도 하였다. 또한 무용가인 카를로타 바라가 마지막으로 언급되는데 그녀도 실제 했던 여성 무용가를 모델로 삼았다. 이 작품에서 초점을 맞출 부분은 여성 예술가와 자본가인 다눈치오와의 관계이다.

『클라라 에스, 음악 비극』에서는 결혼한 여성 예술가의 문제, 기존의 정치 경제적인 구조를 통한 여성의 창조성 억압, 그리고 예술과 상업 간의 밀접한 관계가 중요하게 다루어진다. 엘리네크는 실제 역사 속에 존재했던 여성 예술가들을 극단적인 모습으로 변용하여 자본주의 체제 하에서의 예술과 상업의 문제를 드러내고 있다.

작품 속에 등장하는 클라라 슈만은 남편 때문에 자신의 재능을 발휘하지 못하는 여성으로 묘사되는데 한편으로는 그 이유가 클라라 자신에게도 있다. 처음에는 여성은 자연적 존재이므로 예술과는 맞지 않다고 말하는 남편의 말을 그대로 인정하고 순종했던 것이다. 그러나 천재라고 믿었던 남편이 다른 사람의 곡을 자신이 작곡했다고 우기자 자신이 지금까지 기만당해 왔다는 것을 깨닫는다. 남편을 위해 끊임없이 자본가인 다눈치오를 설득하여 투자하게 만든 것이 아무런 소용이 없었음을 깨닫게 되는 것이다.

자본주의 메카니즘은 생산 현장뿐만 아니라 예술 산업에서도 작동되는데 자본주의의 대표자로 등장하는 다눈치오는 예술가의 위대함보다는 오로지 여성 예술가의 육체에만 관심이 있다. 우아한 몸짓과 동작으로 다눈치오의 관심을 끌려는 카를로타 바라의 몸짓은 그에게서 아무런 보상을 끌어내지 못한다. 오직 그는 그녀가 자신과 잠자리를 함께 했는지에만 관심이 있을 뿐이다. 옐리네크는 이 작품에서 예술이 자본주의사회에서 어쩔 수 없이 기업이나 소비자인 대중들의 자본에 종속될 수밖에 없다는 것을 보여 준다.

이 작품 속에서도 자본의 메카니즘을 잘 알고 있는 피아니스트 루이자 바카라만이 시장경제의 이해관계를 위해 자신을 이용할 줄 안다. 이와 달리 클라라와 카를로타는 예술가의 순수함을 유지한 채 다눈치오의 후원을 바라지만 이는 쉽게 이루어지지 않는다. 이 작품의 여성인물들은 자신에게 주어진 모순적인 상황 속에서 갈등하고 있다. 클라라도 처음에는 자신은 결코 자본주의에 종속당하지 않겠다고 큰소리 치지만 후원금을 얻기 위해 다눈치오에게 자신의 성적 매력을 높이려고 노력한다. 그러나 남편의 광기가 극에 달하고 마침내 자신이 작곡한 곡도 알아보지 못하는 상황이 되었을 때 클라라는 남편을 죽이고 만다. 클라라 자신도 자신의 곡을 작곡하는 것이 아니라 남편이 창작한 곡을 재생산하다가 죽게 된다. 옐리네크는 이 작품에서 여성 예술가들이 독립적인 지위를 갖지 못하고 스스로 종속될 때 파국으로 이끌어진 다는 것을 보여준다.

『질병 혹은 현대의 여성들』은 1987년 본Bonn에서 초연된 옐리네크의 네 번째 극작품이다. 초연될 당시 충격적인 잔혹극으로 평가받던 이 작품의 주인공은 남성 세계에서 착취당하고 남성들의 주변을 맴돌지만 중심에는 설 수 없는 살아 있는 것도 죽은 것도 아닌 뱀파이어로 등장한다.

이 작품의 뱀파이어 소재는 문학사에서 유명한 두 개의 소설로 거슬러 올라간다. 하나는 쉐리단 르 퐁Jren Josef Scheridan le Faun의 뱀파이어 소설 『카밀라Carmila』(1872)이다. 세계문학에서 가장 유명한 뱀파이어 소설 중의 하나인 이 작품은 여성의 욕망과, 동성애를 다루고 있다. 이 소설은 파괴적인 위험요소로 등장하는 뱀파이어인 카밀라가 추방되는 것으로 마무리된다. 다른 하나는 영국 여성 작가의 소설로 여교사와 학생의 관계를 다루고 있는데, 여교사는 뱀파이어인 동시에 레즈비언이다. 옐리네크는 『질병 혹은 현대의 여성들』의 등장인물 에밀리에게 여교사의 특징을 접목시킨다. 옐리네크는 특히 에밀리라는 이름을 영국의 여성작가 에밀리 브론테의 이름에서 가져오기도 하였다.

『질병 혹은 현대의 여성들』에 등장하는 뱀파이어인 여성인물들은 기존의 아름답고 수동적인 뱀파이어 이미지를 벗어나서 고전적인 남성 뱀파이어의 특성을 가지고 있다. 이 작품에서는 현실 세계와 무덤 속의 세계 어디에서도 안주하지 못하고 진정으로 자기가 있어야 할 곳을 알지 못하는 여성 뱀파이어들의 위치 상실 문제가 다루어진다. 이것은 곧 현실에서의 여성의 위치상실 문제와 맞닿아 있다.

이 작품의 왼쪽 무대는 현대적인 이미지지의 진찰실이고 오른쪽 무대는 황무지를 연상시키는 장소로 묘사되어 있다. 황무지는 가부장적인 시스템의 어둡고 개발되지 않은 곳을 나타내며 뱀파이어가 된 카밀라와 에밀리가 새롭게 이주하는 곳이다. 카밀라와 에밀리의 첫 만남은 카밀라가 여섯 번째 출산을 하기 위해 찾아간 하이드클리프의 진찰실에서 이루어진다. 전통적으로 여성들은 확고한 위치가 없는 이중존재로서 삶과 죽음의 동시적 존재이고 물질적인 육체와 정신적인 정체성 상실 사이에서 부유하고 있다는 것을 그들의 대화를 통해 알 수 있다. 하이드클리프와 카밀라의 남편 벤노는 서로 연합하여 자신의 약혼녀와 아내를 사냥하러 나서는데, 에밀리와 카밀라가 먼저 그들의 목을 물지만 그들의 몸 속에는 이미 한 방울의 피도 남아 있지 않았다. 오히려 그들은 합세하여 여성들을 쫓게 되고, 여성들은 마지막에 샴-쌍둥이의 모습으로 등장해 그들과 맞선다.

샴-쌍둥이에 대한 평가는 이중적이다. 뢰더^{Anke Röeder}는 샴-쌍둥이가 남성-여성의 통합을 비유적으로 표현 것으로 남성과 여성의 조화로운 삶을 의미한다고 해석했다. 반면에 카두프^{Corina Caduff}는 뢰더의 의견에 반대하며, 에밀리와 카밀라의 시도가 결코 양성의 행위가 아니고 개별적으로 무기력할 수밖에 없는 여성들의 연대에 기초를 두고 있다고 생각한다. 카두프의 견해대로 두 여성인물은 연대하지만 결국 남성들의 총에 사살된다.

『질병 혹은 현대의 여성들』의 결말은 결코 여성의 승리로 끝나지 않는다. 페미니즘 진영에서는 옐리네크의 작품이 긍정적인 결말을 보여주지 않고 여성의 부정적인 측면을 강조했다고 비난하였지만 옐리네크는 오히려 많은 여성작가들이 감상성에 빠져 있다고 비판하면서. 여성들은 무조건적인 희생자가 아니라 피압박자이면서 동시에 공범자라는 생각을 가지고 있다.

『그림자^{Schatten}』(2013)에서는 신화 속에서 다루어진 오르페우스와 에우리디케와의 이야기가 그려지고 있다. 이 작품은 에우리디케가 자신에 대해서 이야기하는 형식으로 되어 있다. 에우리디케는 자신이 어떻게 뱀에게 물려 죽었는지에 대해 설명한다. 그리고 그녀가 살아오는 동안 숭배받는 오르페우스의 그림자 속에서 작가로 어떻게 지냈는지를 깨닫게 된다. 이제 자신이 오르페우스의 사랑스러운 여성이 아닌 숨어있는 그림자였다는 것을 스스로 깨닫기 시작한 에우리디케는 점점 더 무의식적으로 모든 억압적인 외부 세력으로부터 해방되었다. 그로인해 그녀는 먼저 자신을 둘러싸고 있는 아름다운 옷의 굴레를 벗어난다. 그러나 현실 세상에서는 이렇게 새로 얻어진 주체적인 여성으로서의 평안함이 결코 환영받지 못한다. 그녀를 구하기 위해 온 오르페우스는 그녀를 다시 데려가려고 한다. 에우리디케는 그를 따라 가야 할 것인가? 지금까지 오르페우스 신화는 남자인 오르페우스의 관점에서 해석되었는데, 옐리네크는 에우리디케의 입을 통해 여성의 입장을 대변하게 한다.

3. 평화로운 사회로 진입하는 이방인

옐리네크가 노벨문학상을 수상했을 당시, 수상을 가장 반대하는 입장을 가진 사람들은 오히려 작가의 고향인 오스트리아 사람들이었다. 근본적으로 그녀가 반오스트라적인 글쓰기를 많이 보여주었기 때문이다. 옐리네크는 고향을 그리움을 담고 있는 안식의 장소로 묘사하지 않는다. 독일과는 달리 오스트리아는 전쟁에 관한 과거 청산도 제대로 하지 않은 채 그로 인해 많은 문제점을 가지고 있다고 생각했기 때문이다.

고향에 대한 그녀의 생각은 극작품 『구름. 고향』(1988년 공연,

1992년 출판)과『죽은 자들의 산』(1991)에 잘 나타나 있다. 이 작품들은 동유럽이 붕괴되고 독일이 통일되던 시기에 발표된 작품으로 민족 간의 분쟁과 유럽인들의 이동, 불안한 사회를 벗어나고자 하는 이민자들이 늘어나고, 동시에 개방된 동구권을 향한 관광객들이 늘어나는 시기였다.

드라마적인 형식을 완전히 포기하고 있어 외형상으로는 산문과 유사한『구름. 고향』은 '우리'라는 이름으로 이방인에 대해 비판적인 토착민들이 등장한다. 반면에『죽은 자들의 산』에는 '우리'로 칭해지는 사람들이 이방인들이다. 3년의 시간차를 두고 작가는 이방인의 입장을 대변하는 배타적이지 않은 인물들을 전면에 내세우고 있다.

『죽은 자들의 산』의 제1장인「초원에서Im Grünen」는 하이데거처럼 분장한 주민이 등장하여 자연과 고향의 신성함에 대해 논하는데, 순순한 자연은 '우리＝토착민'으로 구성되어 있는 곳임을 역설하며 이방인이 들어오는 것을 거부한다. 그러면서도 동시에 돈을 쓰고 가는 여행자들에게는 언제든지 신성한 고향의 문이 열려 있다는 이중적인 모습을 보인다. 한나 아렌트처럼 보이는 여행자는 하이데거의 이런 주장에 반박하며 서로 토론을 벌인다.

제2장인「죽은 자들의 산(건강)Totenauberg(Gesundheit)」에서는 건강과 안락사에 대해 논하고 있는데, 젊은 여인이 등장하여 건강한 사람이란 소비 욕구가 충만한 사람이고 소비 욕구가 없는 사람은 건강

하지 않은 사람이라는 주장을 펼친다. 즉, 소비 욕구를 지닌 여행자는 건강한 사람이며 소비할 능력이 없는 이민자는 살 가치가 없는 건강하지 못한 사람이라는 것이다.

제3장인 「고향. 세계Heim.Welt」는 이민자와 여행자, 그리고 관광 상품에 대한 토론이 전면에 나온다. 순수한 고향을 주장하는 노인은 자본주의사회에서 돈을 쓰고 가는 여행자는 환영하지만 그곳에 정착하여 살기를 원하는 이방인에게 자신의 고향을 내어줄 수는 없다고 생각한다. 이때 죽은 등산가 한 명이 등장하여 그들이 고향을 상품화하여 팔 생각만하고 있지, 정말 순수한 의미의 고향을 신성시하는 것이 아니라고 폭로한다. 이를 통해 토착민들은 돈을 쓰는 여행객과 그곳에서의 삶을 희망하는 이민자를 철저히 구분하고 돈을 벌게 해주느냐 아니냐에 따라 이방인의 종류를 나누고 있음을 알 수 있다.

마지막 제4장인 「무죄Unschuld」에서는 아우슈비츠에서 행해진 잔인한 행위들과 원자폭탄 그리고 유전공학에 대해 자신은 무죄라고 강변하며 토론을 정리하고 있다. 이 작품에서 계속해서 말해지는 여행자와 이민자, 소비할 능력이 있는 사람과 없는 사람, 건강한 사람과 건강하지 않은 사람을 구분하는 이데올로기는 언제든 일정 기준에 따라 사람의 가치를 결정지을 수 있다는 위험한 생각을 품게 한다. 그리고 이런 이분법적인 사고의 위험성에 대해 작가는 '우리'로 대변되는 '이방인'들의 입장에서 비판하고 있다.

겉으로는 아름다운 자연 환경을 가진 오스트리아를 순수하게 고향으로 신성시하는 것처럼 보이지만 실상은 자본주의 논리에 빠져 이민자의 인권은 안중에도 없는 오스트리아를 비판하면서 작가는 현재의 문제로 대두되고 있는 난민 문제를 부각시키고 있다. 어떻게 더불어 평화롭게 살아갈 것인지 고민하는 것이 작가가 우리에게 던지는 과제이자 문제점인 것이다.

2013년에 발표된 『보호를 명받은 자들*Die Schutzbefohlenen*』에서는 시리아 내전으로 인해 야기된 난민 사태에 대해 비판하고 있다. 홈페이지에 게시되어 있는 이 작품은 최근까지 이어지는 난민 사건들을 계기로 덧붙여 써지고 있다. 슈테만N.Stemann에 의해 무대에 올려 진 이 작품은 실제 난민 출신을 무대에 등장시켜서 찬반양론으로 나뉘는 큰 관심을 불러 일으켰다. 한편에서는 비판적인 입장도 있었지만 문제의 당사자를 배제하지 않고 그들을 직접 무대 전면에 내세워 자신들의 일을 이야기하게끔 했다는 점에서 긍정적인 평가를 받았다. 특히 고향의 문제에 천착했던 옐리네크가 지금 유럽에서 일어나고 있는 가장 시의성 있는 문제인 난민에 대한 입장을 표명했다는 점에서 오스트리아의 문제를 넘어서 인류애를 향해 나아가는 여정에 들어섰다는 것을 알 수 있다. 특히 작가는 난민을 대하는 유럽인의 사고방식의 기저에 깔려 있는 근본적인 태도를 비판하고 있고, 이를 바꾸지 않으면 아무것도 바뀌지 않는다는 것을 날카롭게 지적하고 있다.

4. 스포츠 사회에서의 갈등 해소

『스포츠극Das Sprortstück 』(1997), 『스포츠 코러스Sportschor 』(2006)와
『백설공주Schnee Weiß 』(2018)는 우리 사회에서의 스포츠에 대해 다
루고 있다.

『스포츠극』은 출판되던 해인 1997년 빈의 부르크테아터에서 슐
레프Einar Schleef의 연출로 초연되었다. 이 작품은 공연시간이 7시간
에 이르는 방대한 분량으로 고대 그리스 비극의 형식을 따라 코러
스가 등장하고, 작가와 작가의 분신인 엘피Elfi Elektra와 그리스 신화
속 영웅인 헥토르와, 아킬이 등장한다. 또한 현대적인 인물로 보디
빌더 안디Andi와 여자들, 가해자와 희생자, 잠수부, 그리고 익명의
여러 인물들이 등장한다. 고전 연극과 달리 줄거리를 찾기가 어렵
고 부각되는 주인공도 없다. 다만 각각의 인물들이 주장하는 담론
들이 과거와 현재의 시공을 넘나들며 나열되어 있다. 특히 스포츠
와 전쟁의 유사성을 전면에 내세워 비판한다. 여자 선수들은 기록
갱신을 위해 남성 호르몬제를 투여하고, 선수들은 거의 인조인간
의 수준에 이르는 몸을 만들기 위해 열광한다. 스포츠 경기는 상업
화되어 초대형 이벤트가 되었고, 스포츠 선수는 영화배우나 스타
가수 못지않은 부와 명성을 지니게 되었다. 이렇듯 스포츠는 대중
매체나 기업과 연계되어 상업적인 문화상품이 되었고, 스포츠의
관람객은 상업적인 소비자가 되었다.

엘리네크는 이 작품에서 안디를 통해 끊임없이 자기의 육체를

완벽한 몸으로 만들기 위해 수단 방법을 가리지 않는 스포츠인의 모습을 비판한다. 안디는 자신이 선망하는 아놀드 슈왈제네거 Arnold Schwarzenegger처럼 되기 위해 끊임없이 강도 높은 운동을 하고 음식을 가려먹는다. 그러나 그의 잘못된 욕망은 운동이나 음식으로 몸을 만드는 것이 아니라 약물을 통해 바꾸려고 하였고, 결국 스스로 자신의 몸을 망가뜨리고 죽게 되는데 죽는 순간까지도 자신의 몸이 완성되지 않은 것을 아쉬워한다. 현대 자본주의사회에서는 몸도 하나의 상품이고 이것은 파시즘 시대에 게르만족의 우월성을 강조했던 선전영화에서도 마찬가지였다. 옐리네크는 완벽한 몸에 대해 선망하는 오늘날의 경향이 파시즘 시대의 폭력과 불가분의 관계에 있다고 생각하고 이를 비판적으로 성찰하고 있다.

『스포츠극』에 등장하는 헥트르와 아킬은 트로이 전쟁의 영웅으로 다른 말로 하자면 가장 폭력적인 인물이라고 할 수도 있다. 가슴을 배낭처럼 메고 다니는 아마존 여인은 자신의 연인을 찢어 죽이는 클라이스트Kleist의 펜테질리아를 연상시키고, 엘피는 남편과 친어머니 살해의 이력을 지닌 집안의 딸로서 이 두 여성들도 폭력과 연관이 있다. 이 작품은 여러 가지 점에서 폭력과 관계를 맺고 있는데 옐리네크는 스포츠가 인간의 폭력성을 자극하고 분출시키는 것으로 전쟁과 유사한 것이라고 보았다.

전쟁에서처럼 편이 양쪽으로 나뉘어져 있고 주로 단체로 싸우며, 승자와 패자로 나누어지는 스포츠는 평화로운 세상 속의 전쟁이며, 스포츠에서는 적을 무조건 무찔러야만 대중의 환호를 받을 수 있다. 대중들은 이때 집단적인 군중 체험을 하게 되는데 군중을 피로 결속시키고 공동 경험을 하게 함으로써 집단을 위해 개인은 희생되어도 된다는 왜곡된 신화를 갖게 될 수 있다. 즉, 옐리네크는 이 작품을 통해 파시즘 시대에 집단적으로 소수자를 핍박하고 소외시켜 결국은 희생하게 만든 집단적 망상과 왜곡된 역사관을 상기시키고 있다.

『스포츠 코러스』는 2006년 독일에서 월드컵이 있었던 해 10월에 도이췌스테아터에서 코펠만Leonhard Koppelmann의 연출로 초연되었다. 이 연극은 축구 경기 시간과 마찬가지로 90분 동안 진행되었으며 스포츠에 대한 비판과 풍자로 일관했다. 영웅적인 골키퍼 올리버 칸의 자서전에서 영감을 받아서 옐리네크가 쓴 이 연극은 독일의 국력을 상징하는 축구팀과 강한 남성성을 상징하는 축구 선수들의 인터뷰 장면이 중간에 삽입되어 있고 그것을 한 남자 배우의 독백이 이끌어가는 형식이다. 그러나 이 극에서는 독일인을 하나로 뭉치게 만드는 축구와 대중매체를 통해 생산되는 축구 영웅신화에 대한 비판이 지배적이다. 작가는 스포츠를 사회적 · 정치적 맥락 속에서 바라보며 스포츠가 남성의 폭력성을 상징하며 사회적 문제의 배후에는 항상 스포츠가 있다는 의구심을 불러일으킨다.

『백설공주』는 니콜라 베르데니히크Nicola Werdenigg와 관련된 이야기이다. 흰색은 무색이며 눈은 모든 흔적을 숨긴다. 그러나 작가는

『스포츠극』의 뒤를 이은 이 작품에서 스포츠계에 감추어져 있는 이면을 폭로하고 있다. 작가는 스포츠를 현대의 신종 종교와 마찬가지라고 생각한다. 맹목적으로 종교에 매달리는 광신도들이 있는 것처럼 스포츠 스타를 지나치게 추앙하는 팬들이 있다. 옐리네크는 여자 스포츠 선수에 대한 성적 학대에 침묵하는 오스트리아 스키 협회를 신랄하게 비판하고 있으며, 여성에게 씌워져 있는 기독교적인 여성상의 허울을 벗긴다.

5. 해결되지 않은 문제들

옐리네크는 최근에도 활발하게 작품 활동을 하고 있다. 소설뿐만 아니라 시사적인 글쓰기를 통해 전쟁과 난민에 대한 자신을 생각을 밝히고 있고, 극작품을 통해서도 오스트리아가 천착한 문제 더 나아가 우리 모두가 고민해야 할 사회 정치적 문제를 환기시킨다.

『레히니츠(절멸의 천사)Rechniz(Der Würgeengel)』(2009)는 지금까지 해결되지 않은 오스트리아 국경에서 일어났던 한밤의 대학살에 대해 다루고 있다. 제2차 세계대전이 끝나기 얼마 전인 1945년 3월 24일 밤에 대부분 헝가리 유대인으로 구성된 환자들이나 노인들이 레히니츠 근처를 지나가고 있었다. 그때 레히니츠의 성에서 한스-요아힘 올덴부르크Hans-Joachim Oldenburg와 함께 파티를 즐기고 있었던 나치 비밀경찰 프란츠 포테친Franz Potezin은 밤 9시쯤 전화를 받은 후 대원들을 데리고 병에 걸린 유대인들을 처형하러 갔다 왔다. 작품 속에서 이들은 "페씨와 오씨die Herren P. und O."처럼 단지 이니셜로 표기되어 있지만 그들이 역사 속 현장에 있었던 사람들이라는 것이 작품 전반에 걸쳐 드러나 있다. 옐리네크는 레히니츠 대학살 사건을 전후 오스트리아의 과거청산 부재의 한 단면을 보여주는 사건으로 제시하고 자본의 힘과 범죄에 침묵하는 대중에 대해 비판하고 있다.

『분노Wut』(2016)에서는 『샤를리 에브도Charlie Hebdo』 테러사건을 다루고 있다. 2015년 1월 7일에 프랑스 파리에 있는 풍자 주간지 『샤를리 에브도』 사무실에 이슬람 극단주의자 테러리스트들이 침입하여, 편집장인 스테판 샤르보니에르를 포함한 직원 10명과 경찰 2명 등 총 12명을 총기로 난사한 사건이 발생했다. 테러를 당한 『샤를리 에브도』는 그동안 각종 성역에 대한 비판을 해온 주간지로, 특히 2006년부터 무함마드 만평 등을 게재하면서 이슬람권의 큰 저항을 받아왔다. 이 사건으로 표현의 자유와 종교 혹은 인권의 침해를 둘러싸고 큰 논쟁이 있었다.

『왕의 길에서Am Königsweg』(2017)에서는 '버거킹'이라는 부제를 달고 미국 트럼프 대통령 당선과 그의 정치적 노선을 비판하고 있다. 이 작품에서는 트럼프뿐만 아니라 세계의 여러 통치자들에 대한 이야기가 등장한다. 정치적 지도자들은 카니발에서처럼 풍자되고, 왕관을 쓰고 나와 노래를 부르기도 한다. 무대 위의 여성 작가는 장님인 상태로 눈에 피를 흘리며 등장하고 나중에는 입에서도 피를 흘리고 있다. 트럼프의 등장은 옐리네크의 독창적인 패러디에 완벽하게 배경을 제시한다. 옐리네크는 현 시대 상황을 통해 고대의 무덤에서 괴물 같은 좀비가 부활하는 것처럼 민족주의와 인종차별 등이 부활하는 것과 지성인들의 무력함에 경종을 울린다. 이 작품은 2017년 팔크 리히터^{Falk Richter}에 의해 함부르크 샤우슈필하우스에서 초연되어 많은 호평을 받았고 2018년 베를린 연극제와 뮐하임 연극제에서 관객상을 수상하였다.

『상자 안의 빛^{Das Licht im Kasten}』에서는 바로크 시대의 바니타스부터 현대의 보그 잡지까지 플라톤의 동굴 비유에서부터 지젤 번천의 에이치 엔 엠^{H&M} 비키니까지 지하철의 빛을 발하는 조명 상자 안에 있는 각종 패션 등을 다루고 있다. 옐리네크는 이 작품에서 제3세계에서의 섬유산업의 생산 조건과 주문 및 인터넷을 통한 대량 유통 등을 논하며, 인간 본연의 존재와 외모에 대한 논의를 패션에 초점을 맞추어 말하고 있다. 우리는 시간이 지나면서 늙고 변해가지만 밝게 빛나는 쇼케이스 속에 있는 광고 모델의 사진을 보면서 그들과 같은 옷을 입으면 자신들도 달라질 수 있다는 환상의 순간을 경험한다. 작가는 이에 대해 블랙 유머를 섞어서 풍자하고 있다.

옐리네크는 2004년 노벨문학상을 수상한 이후로 쉬지 않고 작품 활동을 하고 있다. 그의 작품은 매년 독일의 연극 무대에 올려지고, 그때마다 관객들에게 놀라움과 새로움을 안겨준다. 그녀의 극작품은 더 이상 전통극에서 보여주는 극의 구조를 가지고 있지 않다. 어떤 작품은 거의 산문과 같고, 어떤 작품은 등장인물이 거의 없고 독백이 너무 길어서 거의 혼자서 허공에 자신의 주장을 외치는 것처럼 보이는 것도 있다. 이렇게 실험적인 극작품의 형식에 옐리네크는 사회의 제반 문제들, 여전히 풀리지 않은 여성의 지위 문제, 소수자인 이민자와 난민 문제, 집단의 광기, 오스트리아의 극우적인 성향에 대한 비판, 현실 정치에 대한 지식인의 무력함 등을 주제로 담아낸다. 또한 극작품에서 뿐만 아니라 수많은 에세이와 기고를 통해 현실 문제에 깊이 관여하고 있다. 결국 옐리네크는 우리 사회에서 아직 갈등 속에서 해결되지 않은 많은 문제들을 가시화함으로써 사회구성원들 간의 이해와 화해를 통해 평화로운 사회로 나아가고자 하는 것이 아닐까?

참고문헌

1차 문헌

Jelinek, Elfriede, "Was geschah, nachdem Nora ihren Mann verlassen hatte oder Stürtzen der Gesellschaften, Clara S. musikalische Tragödie, Burgtheater, Krankheit oder Moderne Frauen", *Elfriede Jelinek, Theaterstücke*, Köln, 1994.

_____, "Wolken. Heim", *Elfriede Jelinek: Stecken, Stab und Stangl; Raststätte oder sie machens alle; Wolken. Heim*(2. Aufl.), Reinbeck bei Hamburg, 2002.

_____, "Schatten", 2004.(http://www.elfriedejelinek.com)

_____, "Heimat ist das unheimlischte", Pia Janke, *Werkverzichnis. Elfriede Jelinek*, Wien, 2004.

_____, *Totenauberg*(2. Aufl.), Reinbeck bei Hamburg, 2004.

_____, "Das Licht im Kasten", 2017.(http://www.elfriedejelinek.com)

_____, *Die Schutzbefohlenen. Wut. Unseres : Theatertstücke*, Reinbeck bei Hamburg, 2018.

_____, *Am Königsweg*, Reinbeck bei Hamburg, 2018.

2차 문헌

김미란, 「엘프리데 옐리네크의 페미니즘 극-『노라가 남편을 떠난 후, 무슨 일이 일어났나 혹은 사회의 지주들』」, 『독일문학』 62, 한국독어독문학회, 1997.

원윤희, 「엘프리데 옐리넥의 초기 극작품에 나타나는 페미니즘 연구」, 부산대 박사논문, 2000.

_____, 「옐리넥의 극작품에 나타난 여성의 위치상실-『질병 혹은 현대 여성들』을 중심으로」, 『독일언어문학』 15, 한국독일언어문학회, 2001.

_____, 「남성중심의 예술비판-E. 옐리넥의 『클라라 에스, 음악적 비극』을 중심으로」, 『독일언어문학』 19, 한국독일언어문학회, 2003.

양시내, 「고향의 탈신화화와 이방인 문제-『토텐아우-베르크』에 나타난 여행자와 이민자」, 『독일어문화연구』 25, 서울대 독일언어문화권연구소, 2016.

_____,「고대 비극의 현대적 차용 - '사자'의 활용의 예 : 엘프리데 엘리네크의 연극텍스트『레헤니츠(절멸의 천사)』를 중심으로」,『브레히트와 현대연극』39, 한국브레히트학회, 2018.

함수옥,「엘프리데 엘리네크의 스포츠 비판 분석」,『카프카연구』31, 한국카프카학회, 2014.

Caduff, Corina, *Ich gedeihe inmitten von Seuchen. Elfriede Jelinke : Theatertexte*, Bern, 1991.

Gürtler, Crista Hg., *Gegen den schönen Schein. Texte zu Elfriede Jelinek*, Frankfurt am Main, 1990.

Janke, Pia Hg., *Werkverzichnis. Elfriede Jelinek*, Wien, 2004.

Janz, Marlies, *Elfriede Jelinek*, Stuttgart/Weimar, 1995.

Roeder, Anke, *Autorinnen: Herausforderungen an das Theater*, Frankfurt am Main, 1989.

참고 사이트

http://www.elfriedejelinek.com/

문화예술을 통한 갈등의 해소와 평화의 구현

베를린 필하모니의 사례를 통하여[*]

최미세

1. 문화예술은 정치 · 사회적 환경과 어떠한 관계를 가지고 있는가?

예술작품들은 그것들이 탄생한 시대와 정치 · 사회적 환경과 밀접한 관계를 가지고 있다. 그러나 그 예술작품들은 창작자의 의도와는 달리 정치적으로 오용되거나 다르게 수용되는 경우가 많다. 특히 음악은 치밀한 계산과 이성의 과정을 통해 작곡이 되지만, 음으로 울리는 과정에서 추상적이고 감성적인 특성으로 인하여 창작자의 의도와는 달리 음악 외적인 영향을 받기 수월한 매체로 잘 알려져 있다. 이러한 연유에서 음악은 민족주의적 이데올로기나 나치의 프로파간다와 같은 정치적 선전을 위해 그 어느 예술보다

*   이 글의 일부분은 『독일어문학』(2014.3)과 『독일언어문학』(2015.12)에 실린 「문화예술의 공적가치와 문화민주주의」와 「독일예술경영과 문화민주주의 – 베를린 필하모니를 중심으로」에서 발췌하였음.

도 효과적으로 이용되었던 것도 사실이다. 또한 음악은 이러한 특성으로 인하여 저항이나 평화와 화해의 목적으로 정치적인 역할을 하는데 가장 적합한 매체인 것이다.

많은 음악작품들과 연주자, 연주단체들도 이러한 상황에서 자유로울 수 없었고 모순되게 해석되고 수용되었다. 대표적인 사례로 베토벤의 9번 교향곡은 고전음악의 최고봉으로, 19세기 음악의 대표작으로서 미학적으로도 수없이 분석되었다. 또한 베토벤의 9번 교향곡은 미학적 차원을 벗어나서 시대적 상황에 따라 정치적·사회적 영역의 대상으로 공동체를 대변하는 역할을 하고 있다.

특히 베토벤 교향곡의 4악장 〈환희의 송가〉는 베토벤이 프리드리히 실러의 텍스트를 자신의 음악에 맞게 편집한 것으로 이 작품이 시대를 초월해서 생명력을 유지하는데 절대적인 역할을 하고 있다. 환희의 송가가 함의하는 "모든 인간은 형제가 된다"는 의미는 평화와 화해의 메시지로 해석이 되어 독일의 재통일을 축하하는 행사에서도 연주되었고, 최근에는 2017년 7월 독일의 함부르크에서 G20정상회담 개최 당시 엘브 필하모니 콘서트 홀에서 전세계 20개국의 정상들 앞에서도 연주되었다. 그러나 모순되게도 제2차 세계대전 당시 아우슈비츠에서 유대인의 학살 때에도 이 음악이 연주되었다.

예술작품이 창작의도와는 달리 시대의 흐름에 따라 정치·사회적 환경과 밀접하게 연관되어 있듯이 국가를 대표하는 예술단체도 공적 영역의 대상으로서 문화예술의 행위가 시대적 상황에서 자유로울 수가 없다.

이 글은 이러한 배경을 바탕으로 독일을 대표하는 오케스트라 인 베를린 필하모니를 통하여 예술단체가 단지 예술적 행위를 넘어서 인류의 보편화된 가치와 공동체의 이익을 위해서 무엇을 할 수 있는지 고찰하고자 한다. 또한 독일의 문화위상을 상징하는 예술단체가 정치·사회적으로 갈등해소와 평화구현을 위해서 어떠한 임무를 수행하고 있는지 살펴보고자 한다.

2. 국가적인 예술단체와 국가와 민간재단의 지원·후원시스템

문화예술에 대한 논의에서 중요한 것은 왜 문화예술이 다른 산업과는 달리 공적지원의 정당성을 부여받고 있느냐 하는 문제이다. 문화예술에 대한 지원이 정부차원이냐 민간차원이냐를 넘어서 공적인 지원을 받는 문화예술은 사회 구성원 다수의 공통된 이익을 위한 공익적 활동을 수행할 당위성을 가지고 있다. 그렇다면 베를린 필하모니는 이 공익적 과제와 어떤 연관이 있으며 어떤 방식으로 위임받은 임무를 구현하는지 독일을 대표하는 오케스트라로의 책임이 무엇인지 고찰하고자 한다.

베를린 필하모니 오케스트라 Berliner Philharmonisches Orchester (2002년 이전 공식명칭) 또는 베를린 필하모니 Berliner Philharmoniker (2002년 이후

공식명칭)는 독일의 대표적인 오케스트라로, 독일 국내뿐 아니라 전 세계 클래식 관현악단 중 최상급으로 평가받고 있다.

베를린 필하모니는 1878년 벤야민 빌제(Johann Ernst Benjamin Bilse)가 자신의 이름을 따서 창단한 "빌제 관현악단Bilse-Kapelle"에서 그 유래를 찾을 수 있다. 이 악단은 당시 독일에서 전문 연주악단으로 각광을 받았으나 빌제와 단원들 간에 재정적인 문제로 악단 내부에서 갈등이 심화되어, 1882년에 54명의 단원들이 탈퇴하여 새로운 악단을 결성한다. 이것이 베를린 필하모니의 창단 시점으로, 1882년 5월 1일을 창립기념일로 정하고 10월 23일에 첫 번째 연주회를 개최하게 된다. 베를린 필하모니는 133년의 오랜 역사 속에서 많은 변화와 개혁을 거치면서 오늘날까지 미래를 선도하는 오케스트라의 면모를 보여주고 있다. 빈 필하모닉 오케스트라와 함께 클래식 음악의 양대 산맥으로 꼽히는 세계 최고봉의 오케스트라로서 뿐만 아니라 클래식 음악 산업의 변신을 주도하는 예술 단체로도 유명하다. 베를린 필은 1913년 제2대 상임지휘자인 아르투르 니키슈의 재임시절 세계 음반사에 있어서 최초로 베토벤 교향곡을 녹음했고 1940년대부터 1980년대까지 클래식 음악의 음반화를 주도하며 클래식 음악의 청중의 확대와 대중화를 선도하였다.(Berliner Philharmoniker 2007 : 1. Bd)

베를린 필하모니는 현 베를린 필의 상임 지휘자이며 예술감독인 사이먼 래틀 경Sir Simon Rattle이 취임하면서 재단법인으로 전환하게 된다. 베를린 필하모니는 오케스트라의 정치와 재정으로부터 자율성과 독립성을 강화하기 위하여 2002년에 '베를린 필하모니 재단법인Berliner Philharmonie GmbH für die Stiftung Berliner Philharmoniker'이 되면서 베를린 시의 개입이 없이 악단 내부에서 자체적으로 운영권을 관리하고 있으며 독일 은행Deutsche Bank이 주요 스폰서로 교육프로젝트를 지원하고 있다.

베를린 필하모니는 2002년 이래로 매년 예산의 36%에 해당하는 14Millionen유로(약 170억 원)를 베를린 시에서 지원받고 있다. 나머지 64%에 해당하는 경비는 민간지원이나 콘서트 티켓 판매, 음반 녹음, 방송, 정규시즌 외의 해외 연주여행 등을 통해 자체 수입으로 충당하면서 가급적으로 베를린 시의 의존도를 낮추고 있다.(Handelsblatt 2015.2.12)

2002년 1월 1일부터 베를린 필하모니는 주정부나 연방정부의 산하의 단체가 아닌 '베를린 시에 본거지를 둔, 베를린 주 직속 재단법인'으로 변경된다. 그 이전까지 베를린 필하모니는 '베를린 필하모니 관현악단Berliner Philharmonisches Orchester'이라는 명칭으로 베를린 주 정부 산하의 공무기관 중 하나로 베를린 시의 공적지원에 의존을 했고, '베를린 필하모니커Berliner Philharmoniker'라는 이름으로는 민간재단의 법이 적용되어 음반녹음과 같은 소득으로 나머지 예산을 충당했다. 2002년 이후 'Berliner Philharmoniker'로 정식명칭을 바꾸게 되는데 이유는 많은 애호가들이 이 명칭을 더 친숙하게 사용하였고 민간재단 소속의 명칭이기도 했기 때문이다.

베를린 필하모니는 국가의 공적지원과 민간 부분의 참여가 조화롭게 이루어지는 오케스트라의 표본으로 소수의 애호가를 위한 고급예술에 대한 지원 시스템에 시사점을 제시하고 있다. 독일의 문화예술 단체나 기관들은 일차적으로는 공적기금으로 지원이 되지만, 다수를 위한 예술이 아닌 소수의 애호가들을 위한 문화예술을 왜 국민의 세금으로 지원하느냐는 문제가 제기되었다. 이러한 연유로 독일에서는 애호가와 후원자들로 구성된 재단을 통하여 지원하는 것이 권장되었고, 문화예술을 후원하는 많은 민간재단들이 설립이 되었다. 독일에서는 이러한 재단들의 역할이 문화예술 영역에서 점점 확대되고 있고, 현재는 독일의 문화예술에 대한 지출의 25.9%가 민간재단의 후원에 의존하고 있다. 또한 독일을 대표하는 기업의 72.2%가 문화예술을 지원하는 재단에 참여하고 있을 만큼 독일의 문화예술의 후원에 대한 민간재단의 비중이 높아지고 있다.(Theede 2007. 293)

베를린 필하모니의 '국가 공무기관 오케스트라'로서의 신분은 개개인이 세계적인 연주자로 구성된 베를린 필하모니의 단원들에게 독립적인 위치에서 자율적인 운영을 하는데도 저해가 되었고 정부의 공무기관이 아닌 정치적으로 독립된 위치와 자기책임성을 가진 오케스트라로의 변화하는 데도 어려움이 있었다.

그러나 문화예술단체의 법인화 추진은 독립적인 위치에서 자율적인 운영과 경영의 효율성을 극대화한다는 면에서 긍정적으로 검토되고 있지만, 오늘날의 문화예술의 현실에서 적극적인 경영과 대응적인 프로그램이 없이는 공공성의 상실과 상업화의 소지를 안고 있다는 우려의 목소리도 높다. 베를린 필하모니의 법인화의 사례는 그 논쟁의 방향이 공공성이냐 상업성이냐가 아닌, 정부 차원의 지원과 민간 부분의 참여가 조화롭게 협력하여 불필요한 중복투자를 줄이고 민간지원을 통한 자율성의 효과가 극대화될 수 있다는 가능성을 제시하고 있다.

3. 국가를 대표하는 오케스트라로서의 윤리적 책임

베를린 필하모니의 역사는 독일의 정치·역사적인 상황과 매우 밀접한 관계를 가지고 있다. 베를린 필하모니는 1882년 창립된 이래로 두 차례의 세계대전과 베를린 봉쇄를 통하여 재정적 어려움을 겪으면서 존립의 위기를 여러 차례 극복하였다. 베를린 필하모니는 오케스트라 존립을 위한 다각적인 노력을 하면서 오늘날까지 독일을 대표하는 중요한 문화사절 역할을 하고 있다.

베를린 필하모니 재단은 베를린 필하모니의 지원목적을 "오케스트라의 지속적인 발전과 국제적인 명성을 통해서 베를린이 음악과 사회의 중심지가 되는데 역할"(Theede 2007 : 299)을 하는 것에 두고 있다. 즉 베를린 필하모니는 단지 세계적인 오케스트라로서의

위상을 지키는 음악적 임무를 넘어서 "국가적인 기관nationale Institu-
tion" (Die Zeit Archiv 2011 : Ausgabe 38)으로서의 책임을 가지고 있으며
국가의 공익적 과제를 음악을 통하여 수행하는 임무를 가지고 있
는 것이다. 독일의 통일에 즈음하여 베를린 필하모니의 상임지휘
자로 부임한 지휘자인 클라우디오 아바도Claudio Abbado는 1990~
1991년 시즌을 여는 프로그램의 서문에서 베를린 필하모니와 같
은 국가적 문화예술단체가 독일의 통일이라는 시대적 상황에서 음
악으로서 동서 간의 화합에 무엇을 할 수 있는가를 언급하고 있다:

> 이 역사적 대 전환기를 맞아 베를린 시는 다시금 ─ 새로운 전망을 안
> 고 ─ 동서 간의 문화적 구심점이 될 기회를 얻었습니다. 베를린이 다시
> 모든 사람에게 정신적, 예술적 흐름을 개방한 도시가 되도록 우리 모두 노
> 력합시다. 이 모든 것은 베를린 필의 프로그램 구성에도 반영될 것입니다.
>
> ─ Haffner 2007 : 288

'문화예술단체가 사회적 · 정치적 상황과 무슨 연관성이 있을
까?' 또는 '문화예술단체의 지원 · 후원체제와 독립성 확보의 중요
성'이 왜 문화예술 영역에서 자주 언급되고 있는지 베를린 필하모
니의 역사가 잘 설명하고 있다.

히틀러가 정권을 장악한 1933년 1월 30일 이후로 당시 사회에
전반적으로 퍼져 있던 반 유대감정은 국가 차원으로 법제화되기

시작하여 파시즘적 반유대주의 예술정책이 발령되었다. 1933년 4월 공무원 직업에 대한 개정안이 발효되면서 '비아리아 계통'의 공무원을 퇴출시키는 '아리아'민족에 대한 조항이 삽입되었다. 이러한 조항에 대해 당시의 베를린 필하모니의 상임지휘자였던 푸르트뱅글러는 선전 장관인 괴벨스에게 항의 서신을 보낸다. 푸르트뱅글러는 이 서신에서 유대인을 겨눈 이 정책이 진정한 예술가까지 겨냥한 정책이라면 문화예술에 결코 도움이 되지 않으며, 브르노 발터, 오토 클렘페러, 막스 라인하르트와 같은 유대인 음악가들이 독일에서 예술을 발휘할 기회를 주어야 한다는 것을 표명한다.

1933년 9월 문화적 표현방식과 이데올로기의 선전을 위하여 제국문화성이 신설되었고, 괴벨스가 총재를 맡은 이 기관은 모든 예술 활동을 민족주의적 이데올로기 이념으로 일원화하여 통제하는 일종의 보안기관이었다. 베를린 필하모니는 반세기 동안 정치권력에 대해 독립성을 지키는 악단이었지만 제1차 세계대전 패배와 바이마르공화국 시대의 혼란을 거쳐 재정파탄에 직면했다. 1933년에 선전장관 괴벨스는 베를린 필하모니에 재정지원을 하기로 결정했고 예술감독인 푸르트뱅글러는 악단 존속을 위해서 이 지원을 받아들이기로 결정을 한다. 그 결과 베를린 필하모니는 정치권력으로부터의 독립성을 상실하고 나치 문화정책의 프로파간다를 위한 제국의 오케스트라가 된다. 1933년 당시 베를린 필하모니에는 4명의 유대인 단원이 있었는데, 그들은 악단에서 추방돼 외국으로 망명할 수밖에 없었다.(Scholz 2007) 푸르트벵글러와 베를린 필하모니는 제3제국의 문화적 선전에 부합되는 효율적인 도구로 전락하면서 베를린 필이 반세기 이상 버텨온 독립과 자치는 종지부를 찍게 된다. 베를린 필하모니의 음악당 내부 벽에서는 유대인 작곡가 멘델스존과 마이어베어의 초상이 철거되고 "비 아리아인"의 입장 금지라는 팻말이 부착되었다. 베를린 필과 푸르트벵글러가 외국의 순회 연주회에서 비친 모습은 총통의 오케스트라이며 친 나치주의자 지휘자였다. 유럽의 여러 도시에서의 공연에서 베를린 필은 시위대에 의하여 공연장에 갇히거나, 경찰의 보호를 받으며 기차역으로 움직이고, 심지어는 공연을 보이콧당하는 경우도 있었다.

푸르트벵글러가 베를린 필을 둘러싼 논란의 초점이 되었던 것은 단지 그가 그 당시에 가장 저명한 지휘자였기 때문만은 아니었다. 푸르트벵글러는 자신을 독일문화와 독일음악의 대표자로 자임하고 예술가로서의 자신의 가치와 정체성을 위대하고 영웅적인 베토벤이나, 스케일이 큰 브루크너, 민속적 요소가 들어있는 브람스, 독일의 신화적 요소를 내포하고 있는 바그너의 음악에서 찾았다.

그러나 푸르트벵글러는 유대인 음악가를 배척해서는 안 된다는 신념을 가지고 있었다. 그는 1934년 2월 멘델스존 탄생 125주년을 기념하여 베를린 필하모니의 프로그램에 〈한여름 밤의 꿈〉 중의 몇 곡을 올리기도 했고, 히틀러가 배척하는 유대인 작곡가인 힌데미트의 작품 〈화가 마티스〉를 베를린 필하모니와 연주하기도 했다. 힌데미트의 작품을 연주한 것을 계기로 1934년 12월 베를린 필하모니의 수석지휘자 직을 사임하는 사태로 비화되기도 했다. 그 외에도 푸르트뱅글러는 유대계 연주자들에 대한 나치의 압박이 강해질 때 악단내의 유대인 연주자들의 생명을 구하는 데 일조를 하였고, 이들 보호하려고 부심하였으며 미국으로 망명을 할 수 있도록 도왔다.

그럼에도 불구하고 푸르트뱅글러에게 친 나치주의자라는 오명이 붙게 된 연유는 스스로 자신의 음악적 요구, 개인적인 야심, 그리고 독일인으로서의 독일문화예술에 대한 책임을 전체주의 국가의 체제에서 실현할 수 있다고 생각한 데에 기인한다. 그는 정치와 문화예술을 분리할 수 있다고 생각했고, 예술을 살리려고 정치권력에 적당히 협력하는 것에 대한 자신의 오류를 스스로 정당화시키고 있었다. 즉 독일은 괴테와 괴벨스, 베를린 필과 아우슈비츠가 공존하는 것이 가능한 나라였던 것이다.

저명한 유대계 바이올리니스트인 후버만Bronislaw Huberman은 1936년 3월 7일 『맨체스터 가디언Manchester Guardian』지에 다음과 같은 성명을 발표하면서 당시의 독일 지식인들을 비판하고 있다.

여러분 독일인들이여, 당신들은 나치가 아니지만, 나는 당신들을 나치가 저지르는 죄의 공범자로 고발합니다 (…중략…) 타락적인 본능이 권력을 잡은 경우는 역사상 처음 있는 일은 아니지만, 지금의 그 본능이 승리하도록 도와준 책임은 독일 지식인들에게 있습니다. 세상 사람들에게 충격적인 일들이 벌어지고 있습니다. 리하르트 슈트라우스, 푸르트벵글러, 게르하르트 하우프트만 (…중략…) 과 같은 (…중략…) 독일의 중진 지식인들은 어제까지만 해도 그 누구보다도 독일의 양심과 독일의 천재성을 구현하면서 독일 국민을 통솔한 사명을 가지고 모범적으로 활동하는 사람들이었습니다. 그러나 그들은 인류가 가진 가장 성스러운 자산에 가해지는 현재 정권의 테러에 대해여 처음부터 아부, 결탁, 그리고 협력하는 일 외에는 어떤 것도 하고 있지 않습니다.

—Manchester Guardian 1936 : 3 · 7

유대인 바이올리니스트의 독일 지식인들에 대한 비판과 관련하여 또 다른 독일 지식인들의 당시의 상황을 살펴볼 필요가 있다. 오토 클렘페러나 브루노 발터와 같은 유대인 지휘자들은 독일에서 추방당했고, 프리츠 부슈와 에리히 클라이버와 같은 독일인 지휘자들은 스스로 망명의 길을 택했다. 그러는 한편 칼 뵘, 오이겐 요훔 등의 지휘자는 국내에 남았다. 독일에 남았다고 해서 모두 헤르베르트 폰 카라얀과 같이 출세를 위해서 나치당에 가입하면서 정권에 협력을 한 것은 아니다. 그들은 문화예술과 정권을 분리시킬 수 있다고 생각했고 문화예술을 상아탑 안에 가두면서 전체주의라는 독일의 현실을 차단시켰던 것이다.

1955년 카라얀과 베를린 필의 미국 순회공연에는 카라얀을 적대시하는 구호와 항의가 연속되었고, 베를린 필의 뉴욕 카네기 홀의 공연에서는 입장권이 제대로 팔리지 않는 사태가 일어나기도 했다. 뉴욕에서의 연주회에서는 "당신들은 수백만 유대인을 살해한 나치와 히틀러를 방관한 사람들이다" 또는 "나치 돌아가라"라는 글귀가 든 팻말을 들고 가두시위를 벌이는 유대인 조직과 뉴욕 시민들의 거센 항의 속에서 연주를 감행해야 했다. 이러한 적대감 베를린 필하모니를 향한 것이 아니라 나치당에 가입했던 상임 지휘자 카라얀의 향한 것이라는 해명이 나오기도 했다.

이러한 연유로 카라얀이 상임지휘자로 있던 1990년까지 베를린 필하모니의 이스라엘 방문은 불가능한 일이었다. 베를린 필하모니의 첫 번째 이스라엘 방문연주는 1990년의 유대인 지휘자인 다니엘 바렌보임에 의해 성사가 되었다. 1984년 베를린 시장인 에버하르트 디프킨이 베를린 필하모니와 이스라엘을 방문하고자 하는 의향에 대하여 이스라엘 측은 부적절하다는 이유로 거절한 바 있다. 이스라엘은 나치당원이었던 카라얀의 방문을 원하지 않았고, 이스라엘의 국회는 독일이 저지른 죄악은 천년이 흘러도 결코 사라지지 않을 것이고, 그들이 설 자리는 여기 이스라엘에는 없다고 표명하면서 베를린 필하모니의 방문을 거절하였다.

1990년 다니엘 바렌보임과 베를린 필하모니의 이스라엘 방문연주는 사죄와 용서, 그리고 화해가 오가는 감동적인 사건이었다. 베를린 필하모니의 7회 연주회 입장권은 매진되었으며, 연주회는 앵

콜곡으로 연주된 이스라엘 국가 〈희망Hatikva〉와 기립박수 속에서 끝을 맺었다. 이 연주여행은 주빈메타가 이끄는 이스라엘 필하모니와 베를린 필하모니의 합동연주로 1990년 4월 18일 막을 내렸다.

4. 쇤베르크의 〈바르샤바의 생존자〉와 문화예술을 통한 화해

1993년에는 카라얀의 후임으로 베를린 필하모니의 상임지휘자로 선출된 아바도가 두 번째로 베를린 필하모니를 이끌고 이스라엘 연주여행을 한다. 이 연주여행은 바르샤바 게토 유대인 봉기 50주년을 계기로 행해졌으며, 쇤베르크의 〈바르샤바의 생존자Überlebende aus Warschau〉가 연주 프로그램에 들어있었다.

쇤베르크Arnold Schönberg(1874~1951)는 "독일음악의 우월성"을 말하면서 100년간을 보장할 수 있는 음악이라고 확신한다. 쇤베르크는 유대인이지만 독일에서 태어나서 외국의 영향을 받지 않고 독일의 전통을 습득한 자신의 음악이 독일음악이라고 주장한다.

1921년 유대인인 쇤베르크가 파시즘적 집단과 민족주의적 경향이 강했던 유럽의 상황 속에서 이런 표현을 썼다는 사실은 독일음악의 개념이 바그너나 독일계 작곡가가 말하는 인종주의적 이념이 내재된 독일음악과는 다른 맥락에서 사용되고 있음을 알 수 있다.(Schönberg 1976 : 258)

쇤베르크는 자신이 음악을 깨우치게 한 스승으로 일차적으로는 바흐와 모차르트를, 이차적으로는 베토벤과 브람스, 바그너를 꼽는다. 그 외에 슈베르트, 말러, 슈트라우스, 레거를 통해서 배웠다고 말하고 있다. 이 작곡가들은 모두 독일인이지만, 파시즘이 말하는 독일음악에서는 유대인인 말러와 쇤베르크는 제외된다. 나치와 국가사회주의자들은 유대인인 말러와 쇤베르크의 음악을 독일음악의 전통에서 제외시키고, 쇤베르크의 무조음악을 독일음악을 붕괴시키는 볼셰비키의 음악이라고 보았다.(Floros 1989 : 37) 결국 쇤베르크의 음악은 '비독일적인 음악' 및 '유대음악'으로 취급되고 이러한 반유대적 테러에 위협을 느낀 쇤베르크는 1933년 독일을 떠나 망명길에 오르게 된다.

쇤베르크는 1947년 8월 쿠세비스키 음악재단의 위촉에 의해서 〈바르샤바의 생존자〉를 작곡하게 된다. 쇤베르크는 나치의 학살과 가족과 친지를 잃었고, 유대인 작곡가로서의 책임의식에서 이 곡을 작곡했을 것이라고 추측한다. 이 작품은 바르샤바 게토에서 발발했던 1943년 4월 19일의 폴란드 유대인들의 봉기에 대한 내용을 담고 있다. 작품의 텍스트는 쇤베르크가 이 봉기에 대하여 수집한 정보를 토대로 작성하였다. 텍스트를 살펴보면, 한 유대인이 가스실로 수송되기 위해 집합장소에 있던 중 나치군 총대에 맞아 정신을 잃고 쓰러진다. 그가 죽었다고 여긴 나치군이 그를 가스실로 보내지 않아서 살아남게 되지만 다른 유대인들은 가스실로 보내진다. 그러는 가운데 죽음에 대한 공포 속에서 유대인들은 〈슈마

이스라엘Shema Yisroel〉을 찬송한다.

이 작품의 텍스트는 세 가지 언어로 작성되었다. 사건을 서술하는 언어는 영어로, 게토에서 독일군의 언어는 독일어로, 유대인들의 기도하는 합창은 히브리어로 씌어졌다. 이 작품의 텍스트는 다음과 같다:

I cannot remember ev'rything.

I must have been unconscious most of the time.

I remember only the grandiose moment when they all strated to sing as if prearranged,

the old prayer they had neglected for so many years

the forgotten creed!

나는 모든 것을 기억할 수 없다.

나는 대부분의 시간을 정신을 잃고 있었던 것 같다.

나는 단지 그 위대한 순간만을 기억한다, 모두가 약속이나 한 듯이 오랜 세월 소홀하게 대해왔던 기도를 부르던 순간을, 그것은 잊어버렸던 신앙에 대한 고백이었다.

But I have no recollection how I got underground

to live in the sewers of Warsaw for so long a time.

그러나 나는 상상할 수조차 없다. 내가 어떻게 그렇게

오랫동안 바르샤바의 하수도에서 살아있을 수 있었는지를.

The day began as usual: Reveille when it still was dark.

Get out! Whether you slept or whether worries kept you awake the whole night.

You had been separated from your children, from your wife, from your parents;

you don't know what happened to them how could you sleep?

그 날도 평상시와 똑같이 시작되었다: 동트기 전에 기상이다.

나와라! 잠을 잤던지 아니면 밤새 걱정으로 지새웠던지 간에.

사람들은 자식들과, 아내들과, 부모들과 격리되어서 서로에게 어떤 일이 일어났는지 알지 못했다.

어떻게 잠을 잘 수 있다는 말인가!

The trumpets again —

Get out! The sergeant will be furious!

They came out; some very slow: the old ones, the sick ones;

some with nervous agility.

They fear the sergeant. They hurry as much as they can.

트럼펫 소리가 다시 울렸다 — 나가라! 상사가 화낼 것이다!

그들은 나갔다; 몇 명은 아주 천천히; 늙은이들, 병든 이들,

몇 명은 서두르면서 나갔다.

그들은 상사를 두려워한다. 그들은 할 수 있는 한 서두른다.

In vain! Much too much noise; much too much commotion — and not fast enough!

The Feldwebel shouts: "Achtung! Stilljestanden! Na wirds mal? Oder soll ich mit dem Jewehrkolben nachhelfen? Na jutt; wenn ihrs durchaus haben wollt!"

헛수고다! 엄청난 소음; 과도할 만큼의 분주한 움직임에도 충분히 빠르지 않다니!

그래서 더 빠르게 움직이지 못한다!

상사가 소리쳤다: "주목! 꼼짝 말고 서 있어! 이제 준비 됐느냐? 아니면 내 총 개머리판으로 좀 도와줄까? 좋아, 너희들이 진짜로 그것을 원한다면 말이야!"

The sergeant and his subordinates hit everybody:

young or old, quiet or nervous, guilty or innocent.

It was painful to hear them groaning and moaning.

상사와 그의 부하들은 누구나 때렸다:

젊은 사람이건 늙은 사람이건, 건강한 사람이건 병든 사람이건, 죄가 있건 없건 간에.

그들이 내는 고통과 신음소리를 듣는 것은 처참한 일이었다.

I heard it though I had been hit very hard,

so hard that I could not help falling down.

We all on the ground who could not stand up were then beaten over

the head.

나는 너무 세게 머리를 맞아서 쓰러질 수밖에 없었지만, 나는 주위의
소리들을 들을 수 있었다.

땅바닥에 쓰러져서 일어날 수 없는 우리 모두는 머리를 얻어맞았다.

I must have been unconscious.

The next thing I knew was a soldier saying:

"They are all dead",

whereupon the sergeant ordered to do away with us.

There I lay aside halfconscious.

It had become very still — fear and pain.

나는 아마도 무의식 상태에 있었던 것 같다. 다음 순간 들은 것은 한
군인이 말하는 소리였다: "그들은 모두 죽었습니다!" 그 다음에 상사가
우리를 모두 처치하라고 상사의 명령을 들었다.

나는 구석에 거의 의식을 잃은 채로 누워있었다. 주위는 매우 조용해
졌다. 공포와 고통이었다.

Then I heard the sergeant shouting: "Abzählen!"

They started slowly and irregularly:

one, two, three, four

"Achtung!" the sergeant shouted again,

"Rascher! Nochmal von vorn anfangen! In einer Minute will ich wissen, wieviele ich zur Gaskammer abliefere! Abzählen!"

나는 상사가 "수를 세어봐라!"라고 소리치는 명령하는 것을 들었다.

그들은 천천히 불규칙적으로 세기 시작했다.

"하나, 둘, 셋, 넷"

"주목해라!" 상사가 다시 소리를 질렀다.

"빨리" 처음부터 다시 시작 시작해라.

"1분 안에 알고 싶다. 몇 명이나 가스실로 옮겨지는지를"

"수를 세라"

They began again, first slowly: one, two, three, four,

became faster and faster, so fast

that it finally sounded like a stampede of wild horses,

and all of a sudden, in the middle of it,

they began singing the Shema Yisroel.

그들은 다시 천천히 수를 세기 시작했다: 하나, 둘, 셋,

점점 더 빨라졌다.

너무 빨라서 야생마들의 말굽소리 같은 것이 들렸다.

그러다 갑자기 그 한가운데서 그들은 세마 이스라엘(Shema Israel)을
부르기 시작했다.

—Arnold Schönberg Center, Wien

쇤베르크의 바르샤바의 생존자는 위에서 보는 바와 같이 정치
적인 내용을 가진 텍스트로 구성된 성악곡이다. 여기에서 쇤베르
크는 음악적 효과보다는 언어적 텍스트를 통해 기억문화를 남기
고자 했음을 알 수 있다. 쇤베르크는 기악음악이 가지는 기능보다
는 언어적 텍스트의 구체성을 통하여 정치적인 내용과 예술성을
융합하고 있다. 또한 쇤베르크가 텍스트의 대부분을 독일어가 아
닌 영어로 구성한 것은 나치의 잔인한 학살을 더 많은 청중에게 알
리고 후세에 전달하기 위한 의도라고 볼 수 있다.

쇤베르크의 바르샤바의 생존자는 예술의 힘을 빌려서 유대인
학살의 참상을 폭로하면서, 이 작품의 연주될 때 마다 나치의 잔인
한 행적을 기억하게 하려는 사회참여적인 예술작품이다. 독일을
대표하는 문화사절인 베를린 필하모니가 바르샤바 봉기 50주년을
기념하는 행사에서 이 작품을 연주한 것은 독일의 과거사에 대한
사죄와 용서를 구하는 행보라고 할 수 있다.

5. 사회참여와 실천하는 예술적 행위

베를린 필하모니의 문화예술적 책임은 여기에서 그치지 않고 최근까지 지속되고 있다. 2015년 1월 27일 베를린 필하모니는 아우슈비츠수용소 해방 70주년 기념일이자 유엔이 확정한 '국제대학살 기념일' 10주년을 맞이해서 '희망의 바이올린Violinen der Hoffnung'이라는 연주를 개최함으로써 수백만 유대인 희생자에 대한 독일 문화예술의 공익적 과제가 무엇인지를 보여주고 있다. 이날 베를린 필하모니가 연주한 희망의 바이올린은 홀로코스트의 희생자나 생존자에게 속했던 악기로 유대인 악기상인 암논 바인슈타인Amnon Weinstein이 오랜 기간에 걸쳐 수집을 해서 수리한 것이다. 이 음악회에 대한 아이디어는 베를린 필하모니의 악장이었던 귀 브라운슈타인Guy Braunstein으로부터 시작되었는데, 브라운슈타인은 이 날 연주회에서 아유슈비츠의 한 생존자의 바이올린을 연주하면서 아우슈비츠수용소의 오케스트라의 음악인들이 거의 영하 20도의 날씨에서 연주해야 했기 때문에 악기들은 전쟁이 끝난 후에 최악의 상태였다고 표명한다. 이 악기로 연주를 했던 사람들이 살아남을 수 있었던 이유는 아우슈비츠수용소에서 이 사람들이 다른 죽어가는 사람들을 위해 음악을 연주하는데 필요로 했기 때문이라고 말하고 있다.(Berliner morgenpost 2015. 1. 27) 이 악기를 통해서 연주되는 음악은 악기를 소유했던 사람들 개개인의 이야기를 하고 있는 것이며, 이 음악을 듣는 청중은 당시에 무슨 일이 일어났는지를 기억하는 것이다. 문화예술의 이러한 행위는 문화국가로서의 위상이 무엇을 의미하는 것인지를 잘 말해주고 있다. 베를린 필하모니는 사회 참여와 실천하는 문화예술의 행위가 어떠한 소통 체계 및 담론 공간을 형성하는지를 잘 보여주고 있다. 또한 문화예술의 시장화와 산업화의 추세에도 불구하고 왜 아직까지 독일에서는 문화예술을 윤리적, 교육적 관점에서 이해하려는 경향이 지배적인지를 잘 제시하고 있다.

참고문헌

최미세, 「문화예술의 공적가치와 문화민주주의」, 『독일어문학』 64, 한국독일어문학회, 2014.

_____, 「독일예술경영과 문화민주주의 - 베를린 필하모니를 중심으로」, 『독일언어문학』 70, 한국독일언어문학회, 2015.

Arnold Schönberg Center, *Note von Arnold Schönberg*, Wien

Berliner morgenpost, 2015.1,27.

Berliner Philharmoniker, *Variationen mit Orchester : 125 Jahre Berliner Philharmoniker* 1 - Orchestergeschichte, Henschel, 2007.

Die Zeit Archiv, *Ausgabe 38. Die Berliner Philharmonie als Stiftung?*, 2011.

Eckardt, Emanuel, "Mäzene und Sponsoren. Die Stiftung Berliner Philharmoniker könnte Modell stehen für die Kulturförderung der Zukunft", Die Zeit, 2002.

Floros, Constantin, *Die Wiener Schule und das Problem der "deutschen Musik"*, München, 1989.

Haffner, Herbert, 차경아 · 김혜경 역, *Die Berliner Philharmoniker*, Mainz, 2007.

Handelsblatt, *Berliner Philharmoniker*, Noch mehr sparen können wir nicht, 2015.

Manchester Guardian, *The Story of Bronislaw Huberman*, 1936.

Schönberg, Arnold, "Nationale Musik", ders., *Stil und Gedanke. Aufsätze zur Musik*, hrsg. Ivan Vojtěch, Frankfurt a. M, 1976.

Theede, Michael, *Management und Marketing von Konzerthäusern*, Frankfurt a. M., 2007.

Wimmer, Michael, Kultur · Demokratie, *Eine systematische Darstellung von Kulturpolitik in Österreich* Innsbruck, 2011.

베를린 필하모니 프로젝트 홈페이지(www.rhythmisit.com).

베를린 필하모니 홈페이지(www.berliner-philharmoniker.de).

필자 소개

나희덕(羅喜德, Ra Hee-duk) 서울과학기술대 문예창작학과

1989년『중앙일보』신춘문예에 시가 당선되면서 작품활동을 시작했다. 시집으로『뿌리에게』,『그 말이 잎을 물들였다』,『그곳이 멀지 않다』,『어두워진다는 것』,『사라진 손바닥』,『야생사과』,『말들이 돌아오는 시간』,『파일명 서정시』등이 있고, 산문집으로『반 통의 물』,『저 불빛들을 기억해』,『한 걸음씩 걸어서 거기 도착하려네』등이 있다. 또한 시론집으로『보랏빛은 어디에서 오는가』,『한 접시의 시』등과 편저로『아침의 노래 저녁의 시』,『유리병편지』등이 있다. 김수영문학상, 현대문학상, 오늘의 젊은 예술가상, 소월시문학상, 미당문학상, 이산문학상, 지훈상, 임화문학예술상 등을 수상했다. 현재 서울과학기술대 문예창작학과 교수로 재직 중이다.

송은일(宋股逸, Song, Eun-il) 소설가

1995년『광주일보』신춘문예에 「꿈꾸는 실낙원」이 당선되어 문단활동을 시작했다. 2000년에『여성동아』장편소설 공모에「아스피린 두 알」이 당선되었다. 장편소설『불꽃섬』,『소울메이트』,『도둑의 누이』,『한 꽃살문에 관한 전설』,『사랑을 묻다』,『왕인』(1~3),『천개의 바람이 되어』,『매구할매』,『반야』(전10권),『달의 습격』을 냈다. 단편소설 창작집으로『딸꾹질』,『남녀실종지사』,『나의 빈틈을 통과하는 것들』을 출간했다.

사지원(史智媛, Sa, Ji-won) 건국대 문화콘텐츠학과

현재 건국대학교 문화콘텐츠학과 교수로 재직 중이며 한국하인리히뵐학회 회장과 건국대학교 생태기반사회연구소 소장 및 생명의 숲 국민운동본부 이사를 맡고 있다. 주요연구 분야는 생태·문화·여성이다.『하인리히 뵐-삶과 문학』,『생태정신의 녹색사회-독일』,『독일문학과 독일문화 읽기』,『애도 받지 못한 자들』(공저) 등 다수의 저서와『여인과 군상』,『9시 반의 당구』,『열차는 정확했다』등 다수의 역서 및 논문이 있다.

정인모(鄭仁模, Jeong, In-mo) 부산대 독어교육과

부산대학교 독어교육과를 졸업하고 서강대학교에서 독어독문학과 박사학위를 받았다. 독일 칼스루에 대학교와 쾰른 대학교에서 수학했으며, 한국하인리히뵐학회 회장을 역임했다. 현재 부산대학교 독어교육과에서 교수로 재직 중이다. 지은 책으로는 『하인리히 뵐의 문학세계』, 『독일문학의 이해』, 『독일문학 감상』 등이 있고, 옮긴 책으로는 『신독일문학사』(공역), 『창백한 개』, 『침묵의 거리』 등이 있으며, 최근 『헤세는 이렇게 말했다』를 번역했다.

정찬종(鄭燦鍾, Jeong, Chan-jong) 전남대 독일언어문학과

서강대학교 대학원에서 하인리히 뵐에 대한 논문으로 문학박사를 받았다. 현재 전남대학교에 독일어 강의를 하고 있다. 주요 논저로는 『독일문화와 사회』(공저) 『그리고 아무말도 하지않았다』(역서), 『운전임무를 마치고』(역서), 『하인리히 뵐의 현실참여』, 『하인리히 뵐의 가톨릭 교회 비판』 등이 있다.

곽정연(郭禎姸, Goak, Jeang-Yean) 덕성여대 독어독문학과

독일 트리어대학에서 독어독문학 전공, 교육학, 미디어커뮤니케이션학을 수학했으며, 독일 요한 볼프강 괴테 프랑크푸르트대학교에서 독일 관념주의 철학과 정신분석학에 입각해 독일 낭만주의 문학을 연구하여 박사학위를 취득했다. 현재 덕성여자대학교 독어독문학과 교수로 재직하고 있다. 호프만의 『브람빌라 공주』를 번역하여 한독문학번역연구소가 수여하는 번역상을 수상하였다. 현재 관심을 가지고 연구하는 분야는 문화외교, 문화정책, 문화경영 그리고 정신분석학, 탈식민주의 이론, 문화기호학에 입각한 문학비평, 매체연구, 문화분석이다. 대표 연구업적은 『정신분석』, 『문화 민주주의－독일어권 문화정책과 예술경영』(공저), 「정신분석학과 문학비평」, 「정신분석학과 디지털문학비평」, 「정신분석학과 다문화사회의 문화적 저항－탈식민주의 이론을 중심으로」, 「독일문화정책과 예술경영의 현황」, 「독일 문화정책과 사회적 시장경제의 연계성」 등이다.

원윤희(元允希, Won, Yun-hee) 부산대 독어교육과

부산대학교 대학원에서 엘프리데 옐리네크에 대한 논문으로 독어독문학 문학박사학위를 받았다. 현재 부산대학교 독어교육과에서 강의전담교수로 재직 중이며 여성, 노년, 다문화, 교육 등 다양한 분야에 대해 관심을 가지고 연구하고 있다. 주요 논저로는 『대중문화와 문학』(공저), 「유럽언어정책 도구 AIE의 한국어교육에의 적용」, 「노년의 행복과 불행 사이에서 피어난 『불안의 꽃』」, 「노년의 욕망과 행복 – 마르틴 발저의 『사랑에 빠진 남자』와 박범신의 『은교』를 중심으로」, 「에스노그래피로서의 문학의 가능성 – 르포문학과 디아스포라문학을 중심으로」 등이 있다.

최미세(崔美世, Choi, Mi-sei) 서울여대 인문과학연구소

독일 베스트펠리쉐 빌헬름스 뮌스터 대학교에서 음악학, 사회학, 교육학을 전공하고 19세기의 음악이론과 철학사상을 음악해석과 연결시키는 연구로 박사학위를 취득하였다. 현재 서울여자대학교 인문과학연구소 연구교수로 재직 중이다. 주요 연구 분야는 문화예술정책, 문화예술경영과 문화예술비평과 분석, 그리고 구스타프 말러, 토마스 만, 문화적 정체성에 관한 연구이다. 대표 연구업적은 「낭만주의와 19세기 음악에 대한 이해」, 「유토피아 – 예술의 미학적 가치와 경제적 윤리의 융합」, 「문화민주주의에 대한 논의와 현황」, 「독일 예술경영과 문화민주주의」(공저) 등이 있다.